いもうと
ブルマ
～放課後のくいこみレッスン～
萌。 原作
谷口東吾 著
PARADIGM NOVELS 174

登

神原《かみはら》彩《あや》　次女。三姉妹のなかでもいちばん勇と親しい。内気で引っ込み思案。身体が弱く、それを克服しようと新体操を始めた。

葉《は》山《やま》勇《ゆう》　父親と二人暮らし。父親が神原姉妹の母親と再婚することになり、幼なじみだった少女たちが義妹になることに。

神原《かみはら》奈々留《ななる》　末っ子の甘えん坊。ドジだが何事にも一生懸命。がんばる人を応援したいと、チアリーディング部に所属している。

神原《かみはら》千夏《ちなつ》　三姉妹の長女。活発な性格でスポーツ万能。水泳部に所属している。走り高跳びで勇のことをライバル視している。

第一章 奈々留

第二章 千夏

目次

プロローグ 5
第一章 神原奈々留 11
第二章 神原千夏 43
第三章 神原彩 79
第四章 くいこみレッスン 111
第五章 発 作 143
第六章 二人、黄昏に包まれて 177
エピローグ 213

プロローグ

耳障りな蝉《せみ》の声。

窓から差し込む容赦ない陽射《ひざ》しは喉《のど》を干上らせる。ベッドと体の狭間の蒸れた空気と汗で濡《ぬ》れ、重くまとわりつくパジャマの湿った感触。夏の朝特有の不快感に俺は薄目を開け、枕《まくら》もとの目覚まし時計に目をやった。

デジタル式の時計は数字の八とかすれて見えるその他の数字。

時間を確かめると俺は窓から入りこむ陽射しを避けるように寝返りをうち、枕元に置いてあるエアコンのリモコンを手探りで探し当て、ボタンを押した。ピッという音が天井の方から鳴ったのを確認すると俺は再び目を閉じた。

今は夏休みだ。部活動など学校の用事の無い俺は、午前中に起きる必要はまったくといってなかった。

こんこん……と、部屋のドアに何かが当たり軽い音を立てる。その音に一瞬、我に返るが、天井からそよぐ、湿気を奪う、乾いた心地よい冷風にいざなわれ、直《す》ぐに意識が遠退《とおの》いていく。

俺がその落ちていく様な感覚に酔いしれていると、またドアが不快な音を立てた。

親父《おやじ》が寝ている俺を起こしに来たのだろう。起こしに来るのは親父以外にありえない。

もし、親父じゃないとすれば、泥棒かその類《たぐい》だろう。

何故《なぜ》なら、この家には俺と親父しか住んでいないからだ。

プロローグ

お袋は数年前、この世を去った。それ以来、俺は母親の思い出が一杯に詰まったこの家で親父と二人で暮している。

親父が俺を呼ぶときは、やれ飯を作れだの、やれ掃除をしろだの、やれ風呂《ふろ》を沸《わ》かせだの、いつもろくな事が無い。

俺はタオルケットを頭から被《かぶ》り、不快な音を少しでも、遮ろうとした。

「勇《ゆう》！　起きろよ！」

無視する俺の名前をとうとう親父は呼び始めた。今日の親父はなんだか、しつこいような気がする。

俺は頭から被ったタオルケットをベッドの下に投げつけ、ドアへ向かった。

「なんだよ、親父？」

俺は声のトーンで不機嫌を露《あらわ》にし、まだはっきりしない目を擦《こす》りながら、ドアのノブを回した。

「起こしてすまんな。ちょっと、大事な話があるんだ」

親父らしからぬ、言葉に俺は少し驚いた。いつもはもっと、親特有の横柄な態度でものを言い、自分から謝るような言葉を発する人ではない。

「どうしたの、親父？」

「そのままの格好でいいから、リビングに来てくれ」

やはり、親父の様子がおかしい。いつもの親父なら、リビングへ来いと、命令するはずだ。

俺は何かあるのだと直感し、反発する事なく、親父の後をついてリビングへ向かう。

リビングにつくと、そこには一人の見慣れた女性がソファーに腰を掛けていた。

「勇くん、いつも娘たちがお世話になってます」

そう言って挨拶《あいさつ》をしてきたのは、隣に住む神原《かみはら》さんだ。

普段はすっぴんで、Tシャツにジーンズといったラフな格好に、買い物籠《かご》を腕から下げているイメージの神原さんだが、今日はなんだかとても綺麗《きれい》だ。

白いブラウスに上品な刺繍《ししゅう》が入っており、首には真珠の連なったネックレスをし、整った顔には服装の清楚《せいそ》さを失わないナチュラルな感じのメイクが施され、親父よりも二十歳は若く見える。

「あの……どうしたんですか？」

俺がいつもと違う雰囲気を持つ彼女に、少し戸惑いながら質問した。

俺の言葉を聞くと神原さんは頬《ほお》をピンク色に染め、目線を床に落とすように少し俯《うつむ》いた。

「あ、それは俺が説明するよ……」

親父はそう言うと神原さんの横に立ち、彼女の肩に手を置いて、俺をまっ直ぐに見つめてきた。

「ど、どうしたんだよ……親父……？」

「実はな、勇。お父さんと神原さん……結婚する事に決めたんだ」

俺は親父が何を言っているのか理解できずに、ぼうっと黙り込んで、親父が言った言葉を頭の中で繰り返す。

「はあ？」

言葉の意味を理解した瞬間、俺は素《す》っ頓狂《とんきょう》な声を上げてしまった。

神原さんには年子の娘さんが三人いて、彼女たちと俺は物心がついた頃《ころ》からよく一緒に遊んでいた、いわば幼馴染《おさななじ》みだ。今も同じ学校に通い、時々だが一緒に登校したりもする。

三人とも俺の事を兄のように慕ってくれているし、俺から見ても実の妹の様なものだ。

だが、その妹の様な存在の彼女たちと、本当の妹になってしまう。どう接していいか不安になった。

「駄目……か？」

親父が恐る恐る、俺に聞き返してくる。隣で座っている神原さんも気が気じゃない様子だ。

「あ、いや……駄目とか、いいとか、じゃなくて……あまりに突然だったから……」

俺がそう言うと、目の前の二人の表情がパッと明るくなる。

「じゃあ、いいんだな？」

親父は嬉《うれ》しそうに俺に話し掛けてきた。こんな親父を見るのは何年ぶりだろうか。

二人が幸せになるのを止める権利など、あるはずが無かった。

俺は目一杯作り笑顔を浮かべて、無言でうんうんと軽く頷《うなず》き、二人の邪魔はしたくないからとだけ言って、自分の部屋に戻り、机に飾られていた母の写真をそっと、引き出しにしまった。

その後、俺は神原三姉妹と会い、お互いの事について納得するまで話し合った。俺たちの結論は、今まで通り普通に接すればいいだけだという事になり、俺も自分自身何を不安がっていたのか判《わか》らなくなった。

第一章　神原奈々留

夏休みが終わり、九月に入った学校の午後のグラウンドは、体操服姿の生徒達の喧騒《けんそう》が広がっていた。

近いうちに体育祭が開かれるので、それに備え生徒達が練習しているのだ。

俺も同様に体育祭の練習と題したイベントを楽しもうとグラウンドへと足を運んだ。

「あっ、兄ぃっ！」

適当に身体《からだ》を慣らすように準備運動していると、背後から声をかけられた。

声に振り返った先には、女性にしては長身で、ロングヘアーをポニーテールに束ねた凛々《りり》しい顔つきの少女が体操服に臙脂《えんじ》色のブルマという出《い》で立《た》ちで立っていた。

「何だ、千夏《ちなつ》か……」

声の主は神原千夏。あと何ヶ月かすれば、彼女の名字は俺と同じ葉山《はやま》になる。ようするに俺の父親が再婚する人の娘だ。

彼女は水泳部に所属しているだけあって、細く引き締まった体をしているが、出るべきところにはきっちりと肉が付いたモデルさながらのプロポーションをしている。

体操服の胸元はボリュームのある乳房ではちきれそうになっており、乳房の面積の大きさの所為《せい》か、体操服の裾《すそ》は持ち上がり、ブルマが食い込み、くびれたウエストとヘソが丸見えになっていた。

「『何だ』とは、随分とつれない挨拶《あいさつ》だなぁ……」

少し眉《まゆ》をひそめながら、千夏が不機嫌そうな態度を見せる。

「兄ぃ、制服のままじゃない？　今日は練習しないの？」

俺と千夏の学年は同じなのだが、俺のほうが誕生日が先の所為もあって千夏は俺の事を「兄ぃ」と呼ぶ。

「まあ、何て言うかさ……俺って、本番でのみ実力を発揮するタイプだから、練習とかは要《い》らないっていうか」

「……とどのつまり、練習をやる気無いんだね？」

「そうとも言うかな？」

呆《あき》れている千夏に、俺は淡々と答えてやった。

「お兄たんっ」

千夏の影からひょいと一人の少女が顔を出した。千夏と話し込んでいて気付かなかったがもう一人いたようだ。

「ん？　ああ、奈々留《なる》ちゃんも一緒なんだね？」

「うんっ。外に出る前に、千夏お姉ちゃんとちょうど会ったから、一緒に来たの」

元気良く明るい笑顔で、俺に答える。

神原奈々留。

神原家の末っ子で千夏の妹だ。奈々留ちゃんは、モデルの様な体型の千夏とは正反対に、背は低く、女として付くべきところに肉が付き始めたばかりの未成熟な体つきをしている。

奈々留ちゃんも千夏同様、体操服にブルマという格好をしていた。

「奈々留ちゃんは、何をやるの？」

俺は一年生の学年色である赤色をしたブルマから、剥《む》き出しになっている彼女の身体で唯一肉感的な太腿《ふともも》をチラチラと見ながら奈々留ちゃんの体育祭の出場種目を聞いた。

「障害物競走だよ。奈々留、あんまり運動得意じゃないから、こういう風に楽しい事の方が向いてるかなって……」

奈々留ちゃんは少し苦笑いする様な表情を浮かべながら、恥ずかしがるように答える。

「障害物競走かぁ……頑張ってね、奈々留ちゃん。俺もちゃんと応援してあげるからさ」

ちょっと微笑《ほほえ》ましい気分になりながら、奈々留ちゃんの頭を数回撫《な》でて、声をかけてあげた。

「うんっ。ありがと、お兄たん……えへへ……」

俺に頭を撫でられたのが嬉《うれ》しかったのか、ちょっと照れくさそうに微笑んだ。

「……で、ボクには聞かないの？」

終始、置き去りにされたままだった千夏が、少し呆れながら口を挟んできた。

「え？　何を？」

「だから、種目だってば。何をやるのか」

わざとらしくとぼけた俺に対し、千夏も少し怒った態度を見せながら言葉を返してくる。

「……どうせ、走り高跳びだろ？」

「えぇっ？　兄ぃ、何で知ってるの？」

俺が即答した内容に驚いたのか、千夏が怪訝《けげん》そうな表情をした。

「何でも何も、お前が得意な競技だし……それに去年も一昨年も俺に負けたから、どうせ今年もリベンジする気じゃないかってさ」

千夏とは同学年だった事もあって、一昨年からずっと体育祭では高跳びで競い合ってきていた。結果は言うまでも無く、俺の勝利だったわけだが。

「う～……今年こそは絶対に勝たせてもらうからね、兄ぃ」

「……去年もそう言って俺に負けただろ、お前は」

「うっ……」

少しいきんで挑戦を突きつけてくる千夏に、俺は適当にあしらうように返事すると、千夏は痛いところを突かれて困惑した表情を浮かべた。

「あっ……あれ、彩お姉ちゃんじゃない？」

奈々留ちゃんの言葉に俺と千夏は口論を止めて彼女の指差す方を見た。そこには少女が一人、グラウンドを歩いていた。

「彩ー！」

千夏はその少女を見たとたん通りのよい大きな声を上げ、その『彩』と呼ばれた長い髪をツーテールに結んだ紺色のブルマを穿《は》いた少女はこちらに目を向けた。

神原家の次女、神原彩である。

彩ちゃんは神原三姉妹の中で最も俺と付き合いが長い。

千夏や奈々留ちゃんと知り合ったのも彩ちゃんを介してだった。

「あ、気付いたみたいだね、彩お姉ちゃん」

彩ちゃんは俺たちに気が付くと、こちらに向かって軽く走ってきた。

「彩お姉ちゃん、今年も短距離なんだ？」

「う、うん……私、あんまり長い距離とか走れないし……」

奈々留ちゃんの質問に、彩ちゃんは少し俯いて、表情を曇らせた様な感じで答えた。

彩ちゃんは子供の頃《ころ》から心肺機能が弱く、あまり心肺に強い負荷を与えられない事から、運動する事そのものを医師から制限されていた。

体力的に持久力を要求される事は禁止されているだけに、こういう運動をする事自体、充分に考慮と配慮が常に必要な身体だといえる。

彩ちゃんの身体の話が出てしまったためか、俺たち四人は続く言葉を失った。

「じゃあ話はこの辺にしてさ、早く練習しようよ。ほらっ、兄ぃ、一緒に高跳びのところに行くよっ⁉」

少し雰囲気が重くなっているのを払拭《ふっしょく》するように、千夏が明るい声で言いながら、俺の手をぐいぐい引っ張って連れてこうとする。

「おいおいっ、待てよ千夏っ！」

千夏なりの思い遣りだという事はよく判《わか》るのだが、俺はもう少し、彩ちゃんと話がしたかった。

「あっ、待ってっ、千夏お姉ちゃん。奈々留も、お兄たんと一緒に練習したいのっ！」

俺を強引に連れて行こうとする千夏を引き止めるように、奈々留ちゃんも俺の手を掴《つか》んで引き寄せようとしている。

二人にぐいぐい引っ張られながら、俺はグラウンドの中央に引きずり出される。

「ふふっ……二人とも、あんなに元気にはしゃいじゃって」

俺が二人に手を引っ張られている光景を見ながら、彩ちゃんは明るく微笑みながらついてくる。

千夏と奈々留ちゃんが俺を大岡《おおおか》裁きの二人の母と一人の子の様な取り合いをしてくれたお陰で、少し重くなっていた雰囲気は一気に明るいものとなった。

いつもこんな感じで、俺と神原三姉妹との関係は、至って明るく仲良しな感じだ。

親同士の再婚でこれから義妹となる彼女達だが、義兄妹になる事に抵抗感なんてものは、微塵《みじん》も感じない。

適当に千夏の練習に付き合った後、俺は一息つこうとグラウンドの手前のベンチに腰掛けた。

「兄ぃ、もう終わり？　ひょっとして、去年より体力落ちたんじゃない？」

俺と高跳びの練習をした千夏が話しかけてきた。

「んな訳ないだろ」

「ほんとかなぁ……。でも、これなら今年は兄ぃに勝てるかも……」

「……さあな。まあ、俺の力が衰えてる事でも祈っておくんだな」

千夏が抱いた希望に水をさすように、俺は苦笑いしながら嫌味っぽい言葉を返すと、千夏は少し表情を強張《こわば》らせた。

「ま、俺はまだ本気出してないからな。ここからが本番なのは、お前だって判ってるだろ？」

「……判ってるよぉ。去年の兄ぃの記録、ボクだって覚えてるからね」

さっきまでの希望的観測はあっという間に曇り、千夏は少し複雑そうな表情を浮かべた。

「お兄たんっ！」

突然背後から元気な声をかけられ、俺は驚いてベンチからずり落ちそうになる。

「えへへ……お兄たん、奈々留にも教えてくれる？」

俺が手空《てあ》きになったのを見計らったのか、奈々留ちゃんははにかみながら俺にお願いしてきた。

「いいよ。ちゃんと、お兄ちゃんが教えてあげるよ」

「うんっ。ありがとう、お兄たんっ！」

「ちょ、ちょっとっ、ボクとの勝負はっ⁉」

奈々留ちゃんの手を取って、一緒にグラウンドに向かおうとしていた矢先、千夏が慌てて俺を呼びとめてきた。

「また今度だ。お前とだけ付き合ってたんじゃ、悪いだろ？」

「うっ……判ったよ。でも、絶対近いうちに勝負するからねっ⁉」

「はいはい、んじゃな。ほら、俺に負けたくないなら、とっとと練習したらどうだ？」

「うぅ……今のうちだからね、兄ぃ。今度はボクが勝つんだからっ」

俺がいつもの調子で適当に返事すると、千夏は悔しそうに走り高跳びの場所へと向かっていった。

「さてと。もう千夏は行った事だし、今度は奈々留ちゃんに教えてあげるからね」

「うんっ」

奈々留ちゃんは満面の笑みで元気よく頷《うなず》いた。

「……で、俺に何を教わりたいの？」

「えっ？　えっと……それは、その……」

俺が質問すると、奈々留ちゃんは言いにくそうにモジモジしながら、俺の顔をちらちらと覗うように見ている。

「どうしたの、奈々留ちゃん？」

全くその意図が判らず、俺も奈々留ちゃんを覗うように、じっとその顔を見る。

「その……お兄たん、奈々留と一緒に来て欲しいところがあるんだけど、いい？」

「え？　ここじゃダメなの？」

「うん……ちょっと、違う所で……ね？」

何も訳を言わずに同行だけを求める、奈々留ちゃんの行動に少し戸惑ったが、俺はさほど気構える必要も無いだろうと思いながら、軽く返事した。

「じゃあ、これから奈々留が連れて行くからね？」

「ああ、いいよ。奈々留ちゃんの言う通りにするからさ」

ちょっと深刻そうな顔をしている奈々留ちゃんに、あまり気にしないように笑顔を見せながら応《こた》えた。

奈々留ちゃんは少し安心しながら、俺をその場所へと連れて行った。

奈々留ちゃんが俺の手を引いて連れてきた場所は少し埃《ほこり》の臭《にお》いがする旧体育倉庫だった。

「あれっ？　ここは……」

「うん。古い方の体育倉庫だよ」

何年か前に体育倉庫は建て直され、今やただの物置と化した場所だけに、ひっそりとした雰囲気が漂っていた。

「……で、何でここに？」

こんな忘れ去られた様な場所に連れてこられ、尚《なお》の事、奈々留ちゃんの意図が判らなくなった俺は、再度尋ねた。

「あ、あのね、お兄たん……」

まだ言い難いのか、奈々留ちゃんはなかなか口を開こうとしない。

「その……お兄たん、笑わないって約束してくれる？」

「笑わない？　……どうしたんだい、奈々留ちゃん？」

俺は苦笑いしながら奈々留ちゃんに問い掛けた。

なかなか言おうとしないかと思えば、今度は『笑わない』でくれというお願い。

「判ったよ、奈々留ちゃん。笑わないから、言ってごらん？」

そんな事を言う奈々留ちゃんに、少し可愛《かわい》らしさみたいなものを感じながらも、俺はしっかりと聞いてあげようと何も詮索《せんさく》せずに耳を傾けた。

「奈々留、今度の体育祭で障害物競走やるって言ったでしょ？」

奈々留ちゃんもようやく安心したのか、重かった口が開き始めた。

「それでね、その……障害物競走で、マットの上で転がるのがあるの」

「ああ、障害物競走だからね。まあ、マットの上で前転とかやるんだろうね」

「それで、なんだけど……」

ようやく話し始めたかと思ったところで、また奈々留ちゃんが口を閉ざした。

だが気を取り直したのか、勇気を出した様に事情を話し始めた。

「あの……奈々留、マットの上で前転が出来ないの」

「へ？」

深刻すぎる奈々留ちゃんの態度と、その内容に、俺は思わず素《す》っ頓狂《とんきょう》な声を上げてしまった。

「だ、だから……マットの上で、でんぐり返しが出来ないの……」

「そっか、そうなのかぁ……奈々留ちゃん、それが言いたくて言えなかったのか。そうだったのかぁ……ははっ」

俺はあまりに可愛らしすぎる悩みとその内容に微笑ましい気分になって、思わず笑ってしまった。

「お、お兄たん……笑わないって約束したのにぃ……うっ、ひぐっ……」

俺が笑った事に傷ついてしまったのか、奈々留ちゃんは涙を浮かべて泣き出してしまった。

「あぁっ、ごめんごめんっ！　大丈夫だよ、奈々留ちゃん。俺、別に馬鹿《ばか》にしたわけじゃないからさ、ねっ⁉　ほら、もう笑ってないだろ⁉」

俺は慌てて取り繕うように、奈々留ちゃんをあやす。

「うぅっ……お兄たん、本当？」

「本当だよ。ほら、もう笑ってないだろ？」

「うん……」

俺の必死の弁解でようやく判ってくれたらしく、奈々留ちゃんは涙を拭《ぬぐ》って平静を取り戻した。

「……で、話を戻すけど、でんぐり返しが出来ないんだよね？」

「うん。奈々留、上手《うま》く前に転がれないの」

『でんぐり返しが出来ないから』という理由には、正直言葉を失ったが、奈々留ちゃんがここに呼んだ理由もようやく判った。

「ここなら、誰《だれ》にも見られないし……それに、奈々留がまだでんぐり返しも出来ない事、知られないで済むと思ったから」

健気《けなげ》に俺を頼ってくれた事を嬉しく思い、照れくさそうな奈々留ちゃんの顔を見つめた。

「お兄たん、奈々留に優しく教えてね？」

「ああ、勿論《もちろん》だよ。ちゃぁんと教えてあげるからさ」

こんな風に可愛らしく言われてしまえば、男として拒否のしようもない。

俺は早速無造作に転がっているマットを広げて、準備を整えてあげた。

「さてと……じゃあ、とりあえず始めてみようか？」

「う、うん……お兄たん、見ててね？」

奈々留ちゃんは早速でんぐり返しの体勢になって、前転を試みた。

コロン……と、転がったかと思ったが、奈々留ちゃんは転がりきる前に、膝《ひざ》が崩れて潰《つぶ》れる様な体勢になってしまっていた。

「ありゃりゃ……」

その状況に少し呆れながらも、典型的に前転が出来ない子に多い、転がる力が足りないというのが要因だというのが、見た瞬間わかった。

「……いいかい、奈々留ちゃん。奈々留ちゃんが前転出来ないのは、基本的に前に転がる力が少ないからだよ？」

「前に転がる力……？」

「そう。転がった時、力が足りないから転がりきれない。だから、こうやって……」

そう言いながら、俺は奈々留ちゃんを手で前に押すように力を入れた。

「あっ……お、お兄たん……」

その時、奈々留ちゃんが少し驚いたかと思うと、直《す》ぐに困った表情を浮かべて、訴えるように俺の顔を見つめてくる。

「ん？　どうしたの、奈々留ちゃん……あっ⁉」

よく見ると、奈々留ちゃんの股間《こかん》、つまり、女性器の部分に俺の手がしっかりと触れているのが判った。

「ご、ごめんっ、奈々留ちゃんっ！」

俺は反射的に手をどけて、奈々留ちゃんに謝った。

「う、うん……」

奈々留ちゃんも、突然の出来事に何て言ったらいいのか判らないのか、ただただ困惑しているようだ。

「じゃ、じゃあ、もう一度やってみようか？」

ブルマ越しに判るぐらい、ぷにぷにとした奈々留ちゃんの大陰唇の感触が手に残っている。俺は少しやましい思考をしてしまったが、なんとか自制し、再度奈々留ちゃんに前転を促した。

「うん……いくよ、お兄たん」

奈々留ちゃんは俺に従い、前転をするが、やはり前に転がる力が足りないらしく、同じように失敗している。

「ほら、こうやってもう少し前に体重を移動させるように……」

と、言いながら、奈々留ちゃんに再度触れようとしたが、どうにもさっきの事を意識しすぎてしまい、今度は間違えて奈々留ちゃんの尻を両手で押してしまっていた。

力が上手く伝わったのか奈々留ちゃんはきれいに転がる事が出来た。

だが、何とか転がりきったものの、奈々留ちゃんは頬《ほお》を染めながら言葉を失っている。

「ほ、ほんと……ごめん……奈々留ちゃん」

俺は申し訳ない気持ちで再度謝ったが、どうにも気まずい雰囲気だ。

「あの……奈々留ちゃん……」

何とか気を取り直そうと、もう一度声をかけようとしたが上手く言葉が繋《つな》がらない。

「……いいよ、お兄たん……少しぐらい、奈々留のお尻とかに触れちゃっても……」

奈々留ちゃんは頬を染めて俯きながら、呟《つぶや》いた。

「お兄たん、奈々留の為《ため》に頑張って教えてくれてるんだもん……これぐらい、奈々留我慢するから……ね？」

「……奈々留ちゃん、ありがとう。俺、安心したよ……」

　奈々留ちゃんが怒っていない事に安心したのと同時に、俺を気遣ってくれる健気で優しい奈々留ちゃんの気持ちが嬉しかった。

「じゃあ、続けていこうか。奈々留ちゃんがちゃんと前転をマスター出来るようになるまでね」

「うんっ！」

　奈々留ちゃんの元気な笑顔と返事を確認すると、再び前転の練習を開始した。

　奈々留ちゃんは必死になって練習を続ける。

　だが、俺が奈々留ちゃんに前転の勢いをつけるために性器や尻、太腿に触れる度「あっ」とか「あんっ」とか羞恥《しゅうち》の声を上げるものだから、手に伝わる奈々留ちゃんの身体の柔らかな感触を意識してしまい、どうにもいやらしい気持ちになってしまう。

　恥ずかしい所に触れられている奈々留ちゃんの気持ちを考えると、俺は本当に申し訳ない気持ちで一杯になったが、身体は正直に反応し、勃起《ぼっき》していた。

　そんな感じではあるが、何度も前転をくり返しているうちに、俺はとある異変に気付いた。

　手を押して身体を前に押し出そうとした時、自分の眼前の奈々留ちゃんの股間部分に注目した俺は、目を見張った。

至近距離だから気付いたが、奈々留ちゃんの穿いている赤いブルマの当て布の中心部にうっすらと、シミっぽいものが見えたのだった。

まじまじと奈々留ちゃんの股間を見つめながら、俺は少し困惑していた。

「お、お兄たん〜？　奈々留、苦しいよぉ……」

前転失敗で潰れた体勢のままの奈々留ちゃんが、辛《つら》そうな声を出して訴えてきた。

「あぁっ⁉　ごめんごめんっ、奈々留ちゃん」

俺はまた謝りながら、急いで奈々留ちゃんを起き上がらせてあげる。

「はぁっ……奈々留、潰れるかと思ったよぅ……」

「ごめんね、ちょっと気になった事があってさ……」

「気になった事？」

奈々留ちゃんにまともに聞き返され、思わず素直に答えてしまった事にハッとした。

「お兄たん？」

奈々留ちゃんはきょとんとした表情をしながら、俺の顔を見つめている。

さっき気付いたブルマのシミの事を素直に言う訳にもいかず、かといって何か答えないと奈々留ちゃんを不安にしてしまう。

そんな焦りから、言葉が見つからず、結局沈黙してしまい、気まずい雰囲気になってしまった。

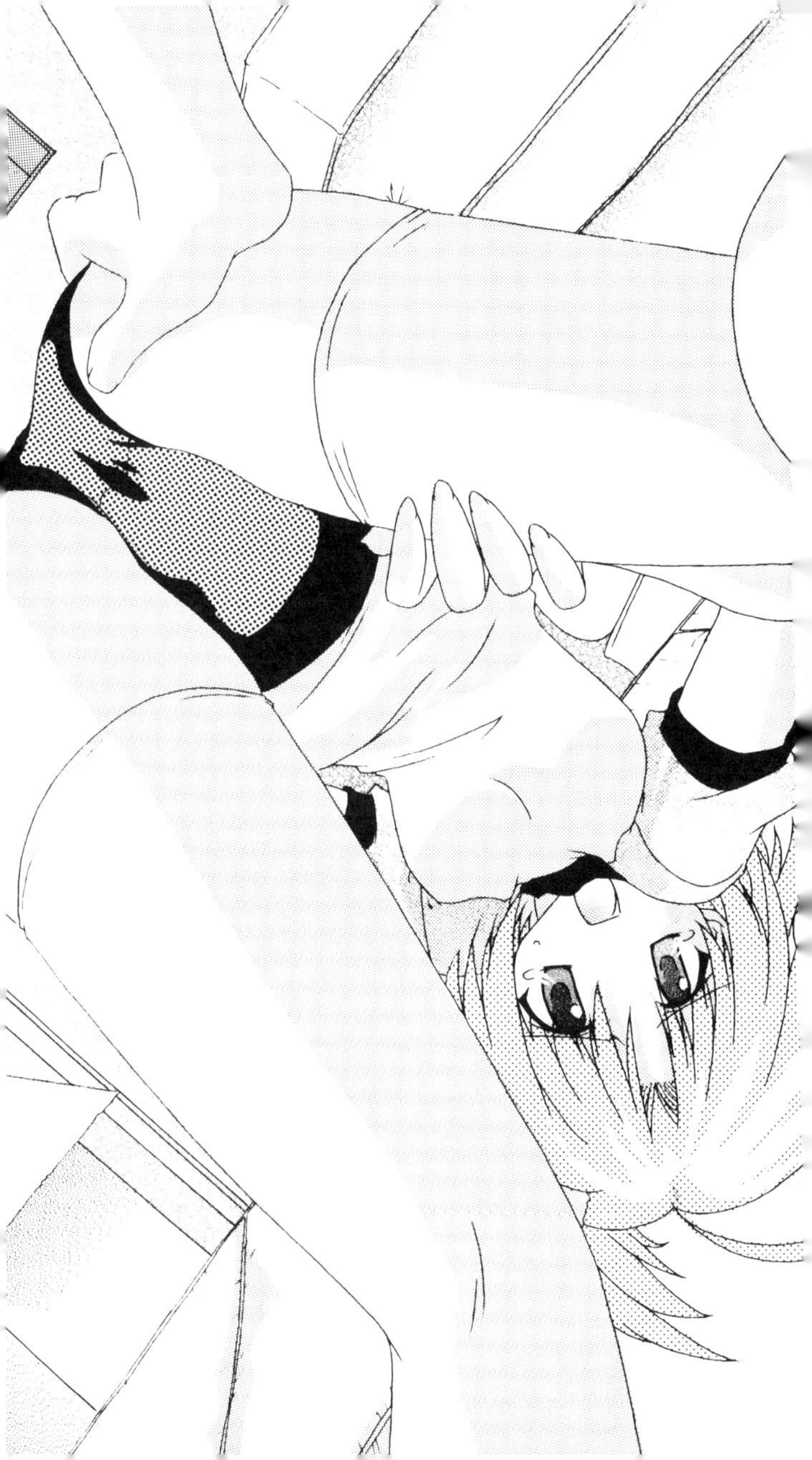

「お兄……たん……？」

心配そうに俺の顔を覗《のぞ》き込んでくる奈々留ちゃんに少し戸惑いながらも、適当な言葉が見つからず、気まずい雰囲気を打破するまえに、開き直りにも似た邪《よこし》まな気持ちが口をついた。

「奈々留ちゃん……ひょっとして、俺にお尻とかあそこを触られて、気持ちいいの？」

俺は試しに直球な質問をぶつけてみると、奈々留ちゃんは首を振りながら応えた。

「良く判らない……でもね、お兄たんに触られると、何だかヘンな感じがするの……」

奈々留ちゃんは本当に良く判ってないらしい。本音を隠している様な雰囲気も無く、困惑した表情を浮かべながら素直に答えているのが伺えた。

「ヘンな感じ？　それはね、奈々留ちゃん……俺にお尻とかあそことか触られて、奈々留ちゃんの身体が反応しちゃったんだよ」

「反応？」

奈々留ちゃんは俺が言っている意味をまったく理解できずにいるようだ。

「そうだよ。女の人はね、男の人とかにそういう事されると気持ち良く……いや、奈々留ちゃんが言ってた様な、ヘンな感じがしちゃうんだよ」

「そうなんだ……」

奈々留ちゃんはきょとんとした表情を浮かべながら、俺の話を聞いている。

そんな奈々留ちゃんの言葉と態度が、俺のいやらしい気持ちを倍増させていった。

「ねえ、奈々留ちゃん……俺の事、好き？」

「えっ？　いきなりどうしたの、お兄たん？」

突然の俺の質問に、奈々留ちゃんは少し戸惑いながら俺の顔を見る。

「ちょっと、先に聞いておきたいから、答えてくれないかな？」

「ん……奈々留は、お兄たんの事大好きだよ？」

奈々留ちゃんは少し頬を染めながら、まっ直ぐな瞳《ひとみ》で俺の目を見つめて答えた。

多分、奈々留ちゃんの『好き』は、男女間のものとしての認識ではないだろうけど、その気持ちだけでも充分だ。

「奈々留ちゃん、さっきのヘンな感じっていうのはね、本当は気持ちいい事なんだよ？」

「気持ちいい事？」

「そうだよ。だから、奈々留ちゃんにもその事を教えてあげようって思ってさ……もし、奈々留ちゃんが俺の事を本気で好きなら、気持ちいい筈《はず》なんだ」

少し歪曲《わいきょく》した形での意地悪い誘導だが、あながち間違った事は言ってないつもりだ。

あと数ヶ月で兄妹になる予定だが、今ならまだ赤の他人だ。

俺は自分にそう言い聞かせ、奈々留ちゃんに対する悪戯《いたずら》を正当化した。

見た目だけでなく、精神的にも幼い奈々留ちゃんならば、少々のことをした所で、それがやましい行為だと気付く事はないだろうし、気付かれる前に性快楽の虜にしてしまえば、何の問題もない事だ。

俺の頭の中は、既に奈々留ちゃんにエッチを教える事でいっぱいだった。

「そんなの、おかしいよ。奈々留、お兄たんの事本当に大好きだよ？　だから、気持ちい い筈だもんっ」

俺の言葉を一寸も疑う事なく、奈々留ちゃんは本気で弁解している。

これなら、奈々留ちゃんを上手く説得出来そうだ。俺のやましい思考は更に高みに達した。

「判ってるよ、奈々留ちゃん。……ただ、さっきはでんぐり返ししながらだったから、奈々留ちゃんが判りづらかったんだよ、きっと」

奈々留ちゃんは首を縦に振り、ホッとした様な表情を浮かべた。

「だからさ、これから本当に気持ちよくなる為に、俺が奈々留ちゃんに教えてあげるよ」

「えっ？　奈々留に？」

「そうだよ。ちょっと恥ずかしいかもしれないけど、奈々留ちゃんが本当に俺の事が好きなのか、確かめる為にもね」

「うんっ、いいよっ。奈々留、お兄たんの事が好きだって事、本当だもん」

奈々留ちゃんは俺の言葉にしっかりと頷いて、真剣に取り組もうという気持ちを見せてきた。

「判ったよ。じゃあ、しっかり奈々留ちゃんに教えてあげるからね？」

俺は大きく心を躍らせながら、奈々留ちゃんの小さな乳房に手を伸ばした。

「えっ？　お兄たん、そこは奈々留のおっぱいだよ？」

奈々留ちゃんは戸惑いながら、少し後ろに下がって俺の手から逃れようとする。

「実はね、おっぱいも同じように触ったりすると、気持ちよくなれるんだよ」

「ふぅん、そうなんだぁ……」

俺が説明すると、奈々留ちゃんは素直に納得してくれたらしく、もう後ろに下がって逃れたりはしなくなった。

「あっ……お兄たん……」

体操服越しに乳房に触れると、奈々留ちゃんは恥ずかしそうに吐息を漏らした。

「あれ？　奈々留ちゃん、ひょっとしてブラジャーしてないのかい？」

俺は体操服の上からの感触が、あまりに柔らかすぎる事から察して、奈々留ちゃんに問う。

「うん……奈々留、あんまりしないから……」

奈々留ちゃんはポッと顔を赤らめて、返事した。

「そっかぁ……こうしてると、何だか柔らかい布を揉《も》んでるみたいだなぁ……」

体操服越しの乳房の感触を楽しみながら、俺は奈々留ちゃんの乳房を満遍なく手の平へ収めるように、大胆に揉みしだいた。

「んんっ……お兄たん……」

奈々留ちゃんも乳房への愛撫《あいぶ》の感覚に、早速何かを感じ始めてるようだ。

「どうだい、奈々留ちゃん？」

「ん……さっきと一緒……かなぁ。何だか、ヘンな感じなの……」

彼女の意識ではまだ認識できてないようだが、明らかに身体は変化しつつある。

「じゃあ、今度はこうしてあげるよ……」

「あっ……」

俺は体操服の上着を捲《めく》り上げた。

奈々留ちゃんの小さな乳房の上にある桜色の乳首は小さな乳房には不似合いなぐらい大きくしこっていた。

俺は奈々留ちゃんのしこった乳首に口を近づけると、舌を出してペロッと一舐《ひとな》めする。

「ひゃうんっ」

その瞬間、奈々留ちゃんは身体をぴくんっと大きく震わせて、反応した。

「どうだい、奈々留ちゃん？」

「ん……何か、痺《しび》れちゃったみたいな感じがしたの……」

乳首からの初々しい刺激に、奈々留ちゃんは身体も心も驚いているといった感じだ。

「こういうのをくり返していれば、直ぐに判るよ。これが、気持ちいいって事なんだってね……」

　そう教えながら、俺は奈々留ちゃんの乳首を口に含みこむと、チュッ、チュッと吸い上げてあげた。

「ああんっ！　ダメっ、お兄たんっ……奈々留、本当に痺れちゃうっ！」

　吸い上げる度に、身体をピクンっと反応させて、切なそうな声と表情を浮かべる。

「じゃあ、オッパイはこの辺にしておいて、今度はこっちかな……」

　俺は奈々留ちゃんの乳房への愛撫を中断させると、今度はさっきから気になっていた最重要地帯へと興味を移した。

「奈々留ちゃん、そこの跳び箱の上に乗ってみようか？」

「跳び箱に……？」

「うん。ほら、こうやってお尻をこっちに向けるように
……」

俺は、よく理解できていない奈々留ちゃんを跳び箱の上で四《よ》つん這《ば》いにさせ、ブルマのシミをこっちに向けるよう誘導した。

「お兄たん……奈々留、こんなかっこ恥ずかしいよ……」

跳び箱の上で尻をこっちに向けるポーズに恥ずかしがりながら、奈々留ちゃんが頬を赤く染めて困惑している。

「ほら、ちゃんと見せてごらん？　しっかり教えるんだから、真面目《まじめ》にやらなきゃダメだよ、奈々留ちゃん」

俺は真面目な教師の様な口調で奈々留ちゃんに言い聞かせた。

「うん……ごめんね、お兄たん……」

俺の言葉に奈々留ちゃんも真面目すぎるぐらい素直に従う。

「んじゃ、早速見てみるからね……」

俺は、再度本腰をいれて奈々留ちゃんの状態を調べ始めた。

もう既に一目見ただけでも判るぐらいのシミだったが、あえて自分の指で触れて、確認した。

「……奈々留ちゃんのあそこ、また濡《ぬ》れちゃってるみたいだね？」

自分の指先から感じる、ブルマの湿り具合を確かめながら尋ねる。

「んっ……う、うん……あっ……」

指先でブルマ越しに擦《こす》られながら、奈々留ちゃんは切なそうに答えた。

俺の興味は更に膨れ上がり、布キレの内側に隠されている部位を見たくてたまらない衝動に駆られた。

「奈々留ちゃん……こんなにここが濡れちゃったら蒸れちゃうかもしれないし、とりあえず脱いだ方がいいね？」

よくここまで口先で理由をつけられるもんだと、自分自身に感心しながら促す。

「奈々留、恥ずかしいけど……でも、お兄たんなら……」

そう言うと、奈々留ちゃんは自分からゆっくりとブルマとパンティを同時に下ろした。

「ん……」

奈々留ちゃんは秘裂が露《あらわ》になると、頬を真っ赤に染めて視線を泳がせた。

解放された奈々留ちゃんの蒸れあがった汗と女の匂いに、俺はなんとも言えない感じを覚える。

だが、俺はもっと違う点に目を奪われて、頭の中はその事実に集中していた。

「もしかしてって思ってたけど……奈々留ちゃん、まだ生えてなかったんだね……？」

奈々留ちゃんの秘部周りが、まるっきり無毛で尻の割れ目から下腹部へ向かって一筋のラインがあるだけだ。

年齢にしては幼すぎる、奈々留ちゃんの性器とその周辺に俺の目は釘付《くぎ》けとなった。

「いやぁん……お願い、あんまり見ないでぇ、お兄たん……」

俺の指摘に、奈々留ちゃんは顔を真っ赤に染めて激しく羞恥していた。

「奈々留、みんなよりちょっと遅いだけだもん……もうちょっとしたら……ううっ……」

奈々留ちゃんは必死に弁解するが、恥ずかしさに、言葉が続かないままベソをかいた。

「……そんなに気にすること無いよ。奈々留ちゃんだって、直ぐに大人になれるさ」

俺の言葉に気を取り直した奈々留ちゃんはベソをかくのをやめ、軽く鼻をすり上げた。

「それにさ、奈々留ちゃんのここ……生えてない方が奈々留ちゃんらしくて可愛いよ？」

そう伝えながら、俺は奈々留ちゃんの秘裂に顔を近づけ、舌を伸ばし始めた。

「ああっ⁉　お、お兄たんっ⁉」

ぷっくらとした大陰唇に俺の吐息を感じたのか奈々留ちゃんは俺の顔が自分の秘裂に近づいていっている事を悟り、声を上げた。

「それに、こんなにピンク色で綺麗だし……もう、舐めたくて堪《たま》らないぐらいだよ……」

俺は本当に堪らない気持ちを解放しながら、大陰唇で固く閉ざされた秘裂へ押し込むように舌で奈々留ちゃんの粘膜を舐め上げる。

「ダメっ、ダメぇっ！　お兄たん、そんな事汚いよぉっ……！」

奈々留ちゃんは酷《ひど》く驚きながら嫌悪感を露にした。

「そんな事ないよ……奈々留ちゃんに汚いところなんて、一つも無いさ。俺、奈々留ちゃんの事好きだから、こういう事してあげられて本当に嬉しいんだよ？」

「あぁん……お兄たぁん……」

　俺の言葉に、奈々留ちゃんは酔った様な表情を浮かべながら、この行為を受け入れていった。

　俺も、誰にもこんな事されていないであろう、奈々留ちゃんの初々しい秘裂の汗で蒸れた匂いと塩っ気を味わいながら、クンニリングスを続けていった。

「可愛いよ……こんなにぷにぷにしてて、舐めるたびにピクピクしちゃって……ほら」

「ふあぁぁん……奈々留、何かヘンだよ……お兄たんに舐められるたんびに、何か頭がぼーっとしてきちゃって……ああん……」

　舌先でくすぐったり、舐めたりしている内に、奈々留ちゃんの身体の方に明らかな変化が訪れつつあるようだ。

「どうだい、奈々留ちゃん？　気持ちよくなってきた？」

「ん……お兄たん、これが気持ちいいって事なの？　奈々留、こんなの初めてぇ……」

「奈々留ちゃん、やめて欲しいかい？」

「ううん、止めちゃいや……お願い、もっと舐めてぇ……お兄たぁん……」

奈々留ちゃんは我を忘れて、初めて経験する快楽に酔い、尻を俺の顔に擦り付けてきた。

俺も奈々留ちゃんに答えるように、厚い包皮に包まれた小さなクリトリスを舐め上げ、膣腔《ちつこう》に舌先を挿入した。

「はあぁ……んっ、あうん……あっ？　やぁっ、これ何？　何か、どんどん頭の中、真っ白になってくよぉ……」

どうやら既に登り始めているらしく、奈々留ちゃんは身体全体を震わせながら、得体の知れない感覚に戸惑っているようだ。

その状況を把握した俺は、奈々留ちゃんに今一歩の刺激を与えようと、もっとも敏感な反応を示すクリトリスの包皮を指で剥き上げ、中から出てきた米粒大の肉の粒をチュウッと大きく吸い上げてあげた。

「ああっ!?　やっ、そこ……奈々留、何か来るの……あっ……ふあぁぁぁんっ！」

突如、奈々留ちゃんは高まっていた快感が解放されて、初絶頂を迎えた。

その瞬間、奈々留ちゃんの秘裂から、しょろりと潮が軽く噴出し、俺の顔を濡らした。

「はぁっ、はぁっ……」

だが、奈々留ちゃんはそんな事に気付かないぐらい、初絶頂の快感の後の疲れでいっぱいの状態のようだ。

「……奈々留ちゃん、どうだった？」

「んんっ……何だか、まだ頭の中ボーっとしてるの……はぁん……」

俺の質問にも、夢心地そうな表情のまま答えている。

「これが気持ちいいって事なんだよ。判ったかい、奈々留ちゃん？」

「うん……お兄たん……」

奈々留ちゃんは一回だけ頷いて、何とか理解した事を俺に伝えてきた。

少し落ち着いてから俺と奈々留ちゃんがグラウンドに戻ると、既に練習をしている学生達の姿は無く、千夏と彩ちゃんの姿も見当たらなかった。

「あらら……もう、みんな練習終わっちゃったみたいだね」

「お兄たん、もう遅くなっちゃったから、一緒に帰ろ？」

「うん、いいよ。俺も、もう帰るしね」

奈々留ちゃんからのお誘いを、俺は断る事なく、頷いてあげた。

「えへへ……久しぶりに、お兄たんと二人で帰れるんだね」

奈々留ちゃんは素直に喜びを表しながら、俺の手を取る。

「……お兄たん、これからも奈々留にでんぐり返し教えてね？」

「勿論だよ、奈々留ちゃん」

奈々留ちゃんのお願いに、俺は微笑みながら返事してあげた。

「お兄たん……」

「ん？」

「その……エッチの方も……ね？」

奈々留ちゃんは頬を染めながら、呟くように聞いてきた。

「……判ってるよ、奈々留ちゃん。だけど、お兄ちゃんとの二人だけの秘密だからね？」

「うんっ！　えへへ……」

俺からの約束に、奈々留ちゃんはしっかり頷いて答えると、はにかみながら俺に抱きついてきた。

第二章　神原千夏

奈々留ちゃんと旧体育倉庫で関係を持ってしまった俺は、その夜、眠ることが出来なかった。

万が一、奈々留ちゃんが、誰《だれ》かに俺との事を話してしまい、千夏や彩ちゃんの耳に入りでもしてしまったら、親父が再婚した後、彼女達と同じ家で暮す事など出来なくなる。

そんな不安を引きずりながら、俺がいつものように歩いて登校していると、前方に奈々留ちゃんの姿を見かけた。

奈々留ちゃんの小さく愛らしい後ろ姿に、旧体育倉庫での事を思い出し、夕べ一晩俺を悩ませた不安は、どこかへ行ってしまった。

むしろ、もっと奈々留ちゃんに色々とエッチな事を教えてあげたいという欲求が、顔を出し、俺は彼女を呼び止めた。

「奈々留ちゃん、おはよう」

「あっ、お兄たんっ！」

俺に呼ばれると、奈々留ちゃんは勢いよく振り返って、俺の方にトテトテと駆け寄ってくる。

「お兄たん、おはようっ」

俺の傍《そば》までくると、奈々留ちゃんは嬉《うれ》しそうに微笑《ほほえ》みながら挨拶《あいさつ》してくれる。

昨日あんな事があったから、今日はひょっとして困惑したりしてるんじゃないかと心配していたが、大丈夫のようだ。

「元気だね、奈々留ちゃん？」

「うんっ。また今日の放課後から、体育祭の練習頑張ろうね？　お兄たん」

「頑張ろうね、奈々留ちゃん」

元気いっぱいの奈々留ちゃんに、俺も頷《うなず》きながら返事してあげた。

「あと、こっちの方も……ね？」

そう言いながら、俺は奈々留ちゃんの尻に手を触れ軽く撫《な》で上げた。

「やぁん、お兄たん……誰かに見られちゃうよぅ……」

すると、奈々留ちゃんは恥ずかしがりながら困った表情を浮かべる。その仕草がまた格別に可愛《かわい》い。

今日もまた旧体育倉庫で奈々留ちゃんにいやらしい事が出来るという確信に俺の股間《こかん》は、登校中だというのに通常以上の血液が流れ始めた。

「ごめんごめん。……また、後でね？」

「うんっ。また、放課後にね」

そう言うと、奈々留ちゃんも俺もそれぞれの教室へと向かって行った。

授業時間が過ぎて放課後。

いつものように、生徒達がグラウンドでそれぞれの練習に励んでいる。

体育祭前の午後の授業は一時間繰り上げて、昼過ぎには放課後となって練習や準備をする形になるので、放課後はあっという間にやってくる。

俺は奈々留ちゃんの姿を求めてグラウンドへと向かう。

「兄ぃっ！」

グラウンドの傍まで来ると、待ち受けていたかのように背後から呼び止められた。

もう見なくても誰か判《わか》っているだけに、少し溜息《ためいき》をつきながら振り返った。

「だって、昨日だって約束したでしょ？」

「あのさぁ……俺は今、奈々留ちゃんに用があるんだよ。これからも『色々と教えてあげる』約束してるからさぁ……」

千夏に呼び止められた事が、奈々留ちゃんとの情事を邪魔された様で、鬱陶《うっとう》しく思えてならなかった。

「昨日はあの子に兄ぃを貸してあげたんだから、今日はボクの番！」

「あのなぁ……『貸した』とか言ってくれるけど、俺は物じゃねぇんだぞ」

俺は軽く手で千夏を扇ぎ、気だるそうに千夏から遠ざかろうとした。

「とにかく、約束は守ってよねっ？　ほらほら、早く行くよっ、兄ぃっ!?」

「へぇへぇ、わーかったよ～……」

千夏に引っ張られながら、俺はだるそうに走り高跳びの場所へついて行った。

「よぉし、今日こそ勝負だっ！」

走り高跳びのバーの手前で、強く気合いを入れて俺に宣戦布告する千夏。

「はいはい、がんばってね～……」

対照的に、すっかり腑《ふ》抜《ぬ》けてやる気のかけらも無い俺。

「ちょっとっ!?　真面目《まじめ》にやってよね、ボクは真剣なんだからっ！」

俺の態度がやはり気に食わないらしく、千夏は少し激昂《げっこう》した。

「だってさぁ……こんな勝負して、一体何になるんだよ？　そりゃあ、千夏は俺に勝つという目標があるからいいけど、俺は勝っても何にも無いだろ？」

千夏は寂しそうな顔をし、俺の言葉に沈黙した。何も言い返す言葉が見つからなかったのだろう。

「じゃ、そう言うことで」

俺が千夏に背中を向け、奈々留ちゃんを探そうと走り高跳びのバーを後にしようとしたその時、千夏は口を開いた。

「待って！　……じゃあ、賭《か》けにしようよ？」

「へ？　賭けって？」

千夏の突然の提案に、俺は少し耳を貸す気になって聞いてみた。

「えっと……負けた方が、勝った方の言う事を一つ聞く。これでどう？」

千夏との勝負に勝って、二度と勝負をしないという約束をさせれば毎日、奈々留ちゃんに色々なレッスンが出来ると考えた俺は、千夏の提案を受ける事にした。

「よし……いいよ。勝負してやるよ、千夏」

「本当っ？」

俺が返事した途端、いきなり千夏の表情はパッと花が咲いたように明るくなった。

「その代わり、勝った後は俺の言う事を絶対聞いてもらうからな？」

「いいよ。……言うまでも無いけど、ボクが勝ったらちゃんとボクの言う事聞いてもらうからね？」

「……判ってるよ。それを賭け合うわけだからな」

「よぉし……じゃあ、勝負っ！」

物凄《ものすご》く気合を入れている千夏に対して、俺の方は至って気楽な感じだった。

正直、千夏との勝負に負ける様な気は全く無いからだ。

「さて……と、じゃあバーの高さだけど、ここら辺からスタートでどうだ？」

そう言って、俺は早速高さを調整する。

「ちょ、ちょっと待ってよ兄ぃ。いきなりそんな高さにするの？」

俺が最初に設定した高さを見て千夏が声を上げた。

「へ？　そうだけど……何だ、千夏。ひょっとして、この高さじゃ自信ないのか？」

俺はさっさとこの勝負を終わらせたいので、強引にスタートを高めに設定したのだ。

「そんな事ないよっ！　その高さなら、去年ボクだって跳んだでしょっ⁉」

「だろ？　だからここから。跳べるんだったら、何も問題ないだろ？」

「そ、そうだけど……」

俺が設定したバーの高さは、去年千夏が跳んだ記録の高さだ。

「じゃあ決まりだ。この高さからスタートな」

「……じゃあ、ボクから跳ぶよ。兄ぃは後。それぞれ、一つの高さに対して二回だけ跳ぶ事が出来る。……これでどう？」

「ああ、いいよ。ミスは一回だけ許されるってわけだな」

俺は千夏の意見に軽く頷いた。俺にとって勝利者の約束を守って貰《もら》う以外、ルールはどうでも良かった。

「じゃあ、ボクが先だから……跳んでくるよ？」

千夏はそう言うと、スタートラインに立ち、地面を蹴《け》った。

千夏がテンポよく助走をし、加速して行く。たわわな胸がタプタプと上下に揺れるのが俺の立つ位置からもはっきりと判った。

踏み切りラインでタンっ！と、勢いよく踏み切ると千夏の身体《からだ》はフワリと宙を舞い、バーを越えて背中からボフッという音と共に、マットに埋まる。

バーには触れていない。クリアしたようだ。

「じゃあ、次は兄ぃの番だよ？」

さすがにまだ余裕があるらしく、千夏もこの成功は冷静に受け止めてるようだ。

「じゃ、ちと行ってみるかな……」

俺も同様に地面をテンポよく蹴りながら、助走してバーに向かっていく。

「よっ……と！」

俺にとっても、このぐらいの高さなら全然楽勝だ。

軽く跳び越えて、跳躍とマットの感触を身体で確かめながらスタートラインへ戻った。

「さすがに余裕って感じだね？」

「まあ、ね」

戻ってきた俺に問い掛けてきた千夏に、軽く返事し、お互いのクリアを確認した後、バーの高さを、更に五センチ高めた。

設定されたバーの高さは千夏がクリアした去年の記録を上回っているだけにスタートラインに立った千夏の表情は険しい。

「さあ、いってみようか千夏？」

「……判ってるよ。ちょっと集中してるから、静かにしてってば」

俺のからかい半分のプレッシャーを払いのけるように、千夏は真剣な表情を浮かべて、バーの方にだけ意識を向けていった。

「よしっ……！」

意識が纏《まと》まったのか、千夏は自分自身で大きく一回頷いて、駆け出した。

「えいっ……！」

踏み切りラインを蹴り、千夏の身体が再び宙を舞う。

バーを跳び越え、上手《うま》くクリアしたかと思った時、最後に残った足がバーに接触し、ガタン！と音を立てて地面に転がった。

「あぁっ!?　……もうちょっとだったのにっ！」

マットから起き上がった千夏が、悔しそうに落ちたバーに目を向けていた。

「よぉし……んじゃ、次は俺の番だな……」

このミスは、千夏にとって大きいものであるのは間違いない。

ここで俺がこの高さを確実に跳び越えれば、千夏はもうミスが出来ないだけに、大きなプレッシャーとなるのは間違いなかった。

俺の表情に、更に余裕と自信が乗ると、千夏は複雑そうな面持ちでこちらを覗っている。

そんな千夏に目を合わせて、チラッと皮肉っぽい笑みを見せると、俺はバーに向かって走り始め、一気に助走をつけていった。

「はっ……！」

充分な助走としっかり合ったタイミングが重なり、余裕のあるジャンプが成功した。

「よしっ！」

会心の出来に、俺は着地したマットから跳ね上がるように起き上がり、強く両手を握り締めた。

「う、うそぉ……兄ぃ、あんなに高く……」

俺の最高の跳躍に驚いたのか、千夏が目を丸くして俺の方を見ている。

「……次はお前の番だぞ、千夏？　これで落としたら、お前の負けだからな」

「わ、判ってるよっ……！」

強気に言い返すが、その言葉もどこか弱々しいモノが混ざっている。

千夏はスタートラインで、すぅ……っと大きく深呼吸し、意識を集中させてバーを見つめた。

そして、意を決したように助走に入る。助走というより、勢いをつけるためにダッシュしている様な、明らかに効率の悪い無理な走りだ。イチかバチかの勝負に出たのだろう。

「えぇいっ……！」

こっちにまではっきりと聞こえてきた掛け声と共に、千夏は力強くジャンプした。

気迫の籠《こ》もった千夏の跳躍は、見事にバーを飛び越えていった。

だが、その跳び方の勢いはかなり余り過ぎている感じだ。

「千夏っ！　あぶないっ！」

俺は口を開いて指摘したが、もう遅かった。

千夏の跳躍はかなりの高さに到達していたが、その訳なりの長さまで跳んでしまい、着地地点がマットから大きく外れてしまったのだった。

「千夏っ！」

背中から地面に落ちた千夏の元に、俺は急いで駆け寄った。千夏はピクリとも動かない。

俺は咄嗟《とっさ》に千夏の脈と呼吸を確認した。

脈も呼吸も正常だ。どうやら気を失っただけのようだ。

地面に落ちた瞬間、軽い脳震盪《のうしんとう》でも起こしたのかもしれない。

「まったく……心配かけてくれるよ、こいつは……」

このまま千夏をグラウンドで寝かしておく訳にもいかず、俺は仕方なく千夏を背負ってグラウンドから連れ出す事にした。

「よっ……と」

普通の女の子より大きい千夏の身体を、俺は少し踏ん張って背負い上げると、そのままグラウンドから出た。

大事はなさそうだが、とりあえずは保健室で寝かせた方がいいだろう。

そう答えを出した俺は、そのまま保健室へ向かおうとした。

「う……ん……」

千夏が少し意識を取り戻したのか、気になって、その声を聞くが、どうやらまだみたいだ。

だが、それで妙に意識してしまったのか、背中に千夏の柔らかな胸の感触がある事に気づいた。

背中越しに感じるふっくらした柔らかい感触に、俺の意識が集中してしまう。

歩く度に起こる振動に合わせて、千夏の乳房がフニフニと俺の背中で潰《つぶ》れるように密着する。

そのボリューム感のある柔らかな感覚に、思わず邪《よこし》まな気持ちがムクムクと膨らんでいった。

そして自分で気が付いた時には、千夏を背負ったまま、本来なら行くべき保健室への道から大きく外れていた。

今、俺の目の前にあるのは忘れられたようにポツンと佇《たたず》む、人影の無い古ぼけた体育倉庫だった。

昨日、奈々留ちゃんに前転とエッチを教えた旧体育倉庫の鍵《かぎ》の掛かっていないドアを開け、千夏を背負ったまま中に入った。

ラインを引くための粉末石灰の匂《にお》いと光が差すところだけ舞って見える埃《ほこり》に包まれた旧体育倉庫の床には、昨日、奈々留ちゃんの前転の練習をしていたマットがまだ敷きっぱなしだった。

そのマットの上に背負っていた千夏を静かに下ろし、俺も傍に腰を下ろして、千夏の様子を窺った。

千夏の目は閉じられ、静かに息をしている事から、まだ気を失っている事は見て取れる。

俺は千夏に擦《す》り寄り、背中から抱いて、触ろうかどうしようかと考えながらも、そっと豊満な乳房に手を伸ばした。

「……ん……」

千夏は胸元に手をかけた瞬間、ピクンと身体を震わせて反応した。だが、目覚めてはいない事を確認すると、俺は体操服の上から千夏の乳房の感触を確かめるように揉《も》みしだき始めた。

「ん……んんっ……」

千夏の乳房はブラジャーのワイヤーの硬さがあるものの、手の平にすっぽりと収まってしまう奈々留ちゃんの乳房とは違い、たっぷりとしたボリューム感のある柔らかさだ。

柔らかい手触りでありながら、弾力を含んだ千夏の乳房の感触に、俺は欲望に支配され、夢中になって揉みしだく。

もっとこの感触を直に味わいたいと思った俺は、千夏の体操服と一緒に白いブラジャーを上にずらした。

ブラジャーが乳房の下に引っ掛かり、それを無理やり上へ捲《めく》れ上がらせると、豊満な乳房がブラジャーから、たぷんと波打つようにこぼれ落ちた。

「うわぁ……」

俺は思わず感嘆の声を上げた。それほど、千夏の乳房は見事な大きさだった。

そして、その頂上には肌色を濃くした色合いの少し大きめの乳輪と、さらにそれより濃い色の乳首がツンと上を向いていた。

至近距離で直視した千夏の乳房の全貌《ぜんぼう》に、俺の興奮度は一気に高まった。

直接、千夏の大きな乳房に触れる事が出来ると思うと、喉《のど》がゴクリと鳴る。

俺は今直《す》ぐ、思いっきりこの乳房を揉みしだき、顔をうずめ、乳首を舌で転がしたいという欲望を抑えながら、軽く触れようとした。

「んんっ……？」

その時、気を失っていた千夏が、ふっと意識を取り戻してしまったようだ。

「ん……ぼ、ボクは……？」

千夏はまだ状況が飲み込めていないのか、少しぼーっとした感じで辺りに目を泳がせている。

「あ、あれぇ……兄ぃ……？　……きゃぁっ⁉」

自分の胸元が露《あらわ》になっている事に気づいた瞬間、千夏は弾《はじ》けるように俺から離れた。

捲れ上がっていた体操服を下まで下ろし、両腕で豊満な乳房を隠す体勢で千夏は顔を真っ赤にした。

「ど、どうしてボク、こんなかっこしてるのっ⁉　そ、それに兄ぃ、何してるんだよぉっ⁉」

自分が何をされていたのかをある程度把握できたらしく、千夏は声を荒げた。

「おいおい、静かにしろって。そんな大声出したら、誰かに気づかれるかもしれないだろ？　な？」

俺は慌て、素早く千夏の口を手で塞《ふさ》いで、耳元で注意する。

「……ど、どういう事なの、兄ぃ？」

千夏は俺の説得を聞き入れ、小さな声でこの状況を聞いてきた。

「……さっきの高跳びの時に、お前が地面に背中から落ちて、突然気を失ったから、介抱してやろうと思って、ここに連れてきたんだよ」

「あ、そっか……ボク、あの時に気を失ったんだ……」

自分が走り高跳びの時、マットからずれて地面に叩《たた》きつけられた事を思い出し、千夏は頷きながら納得したようだった。

　介抱するのに旧体育倉庫にいる、という俺のでたらめな言い訳を信じるところから、千夏はまだ冷静という訳ではないようだ。

「それは判ったけど……兄ぃは、さっきボクに何をしていたんだよ？　気づいてみたら、ボクの上が裸になってて……あ、兄ぃが……その……ボクの……」

　旧体育倉庫にいる事は納得したようだったが、千夏は自分が乳房を曝《さら》している事を俺に問《と》い質《ただ》してくる。

「そ、それは……その……」

　俺も何て答えたらいいのか、困惑しながら言葉を探し始めた。

　さすがに、千夏が気を失ってるのをチャンスだと思って、服をずらしたとは言える訳もない。

　どう答えようか考えてるうちに、俺はとある事を思い出して口にした。

「賭けだよ。賭け。さっき、負けた方が勝った方の言う事聞くって決めただろ？」

「えぇっ⁉　そ、そんなぁ……」

　突然俺が突きつけた内容を、千夏も思い出したらしく、酷《ひど》く困惑した反応をしてきた。

「何だよ？　千夏は俺との約束を簡単に破るのか？」

　咄嗟に自分の口から出た条件に、俺は調子よく乗りながら千夏に迫った。

「ううっ……それは……」

千夏の男勝りな性格から、自分が結果として嘘《うそ》をつく事になるのが、どうしても許せないのは判っている。その上で、俺も千夏を追い込んでいった。

「だからさ……な？」

そう言い流しながら、俺は再度千夏の背後から抱きついて、千夏の豊満な乳房に手を伸ばした。

「だ、駄目だよ兄ぃ……ボク達、兄妹に……あっ！」

千夏の乳房に触れた瞬間、身体をピクンと大きく反応させながら、俺達の親が結婚し、数ヶ月後には兄妹になってしまいという複雑な気持ちを訴えるように声を漏らした。

「安心しなよ、そんなに酷くはしないからさ……」

千夏の耳元で優しく囁《ささや》きながら、体操服の上からたわわな乳房の柔らかな感触と千夏の体温を確かめるように、ゆっくりと揉みしだき始めた。

ブラジャーだけは捲くれ上がったままになっているため、千夏の乳房は先ほど服の上から触った感触より、遥《はる》かに柔らかい事が判る。

「あっ……んっ……」

「本当にこうやって千夏のオッパイ揉めるなんて、思ってもいなかったしなぁ……」

「んっ……そんなに、兄ぃはボクの胸が気になってたの？」

俺の言葉が気になったのか、千夏が聞いてくる。

千夏は端正に整った顔にモデル顔負けのプロポーションをしているためか、男子生徒に人気がある。

「まぁ……クラスの男達、みんなお前の体操服の胸に注目してるしなぁ」

「う、うそぉ……ボク、そんな風に……もう恥ずかしくて体操服で外出れないよぉ……」

結構ショックだったらしく、千夏は酷く羞恥《しゅうち》して困惑を隠せないようだ。

この自意識の薄さが、千夏らしいと言えば千夏らしいのだろうけども。

「それはいいとして……ほら、今度は直に揉んであげるからな？」

俺は千夏の体操服を捲り上げて、乳房を再び露にさせた。

「だ、だめぇ、誰かに見つかっちゃうよ……」

「大丈夫だよ。ここは殆《ほとん》ど忘れ去られてる場所だからな……それに、直ぐに済ませるようにもするからさ」

見つかる事を危惧《きぐ》する千夏に言い聞かせながら、口を塞ぐ様に唇を重ねた。

「んんっ……!? ふ……はぁっ……兄ぃ……」

キスした瞬間、千夏は酷く驚いたようだが、唇を離すと目元を少しトロンとさせて、夢うつつの様な表情を浮かべていた。

それを確認すると、俺は待ちかねたように千夏のたわわな乳房を直接この手で揉み始める。

指に力を入れると、乳房の湾曲した丸い形が崩れ、指の隙間《すきま》から乳房の肉が少しはみ出てみた。

「あっ……」

たぷんとした柔らかい瑞々《みずみず》しい感触と千夏の体温が俺の手の平に伝わってくる。


千夏が溜息の様な切ない声を漏らす。

「ん……はぁん……」

「どうしたんだい？　千夏の乳首……もう、こんなになってるじゃないか？」

千夏の乳房の頂上で、勃《た》っている乳首を擦《こす》る様に指の腹で触れてみる。

「あっ……やぁっ……だ、だって……何か、ドキドキしちゃって……ああん、そんな事聞かないでぇ……兄ぃのエッチ……」

千夏は俺の発した言葉に羞恥し、身体を左右に軽く揺すり抵抗した。

「……そんなに感じる？」

「そんなの判らないよ、ボク……ん……ふぁ……あん……」

敏感になっている千夏の乳首を、軽く弾く様に刺激を与える。

千夏は見つかるかもしれないという危機感と、学校内でしているという背徳感に興奮しているのか、敏感に反応する。

俺は空いている方の手を、千夏の下半身へと運んでいった。

「あっ……」

ブルマ越しに千夏の秘裂を少し弄《いじ》ると、既に湿っている事に気づいた。

「やっぱり、もう濡《ぬ》れているんだ？　人の事エッチとか言っておきながら、千夏もこんなにエッチじゃないか？」

そう言いながら、するっと千夏の大事な部分を覆うブルマとパンティーをずらした。

「い、いやぁ……」

恥ずかしさのあまり、千夏が耳まで真っ赤に染めて、顔を逸《そ》らす。

「え……あっ……やっ……だ、だめっ……」

程よく潤っている事を確認した俺は、秘裂に沿わせながら少しだけ指を入れ、それを小刻みに振動させた。

「んあっ……はあぁ……そ、そんなに音を立てないで……」

「でも、気持ちいいんだろ？」

俺は更に、わざと音を立てる様に、千夏の秘裂を指で愛撫《あいぶ》する。

「ああん、ダメっ……ダメぇ……あっ……はあっ……！」

俺の質問をかわす様に否定するが、その身体は快楽を我慢しながら、必死に悶《もだ》えている感じだ。

「もう、ここもこんなになってるし……」

俺は、秘裂の上部にある、真珠の様な突起を指で見つけると、早速摘《つま》んで、優しくこね始めてみる。

「あっ……ふあぁんっ……！　そ、そんなにしちゃ……やぁっ……だめぇっ……！」

既に包皮から顔を出している突起を擦り上げる度、千夏が激しく反応しながら、愛液を秘裂から溢《あふ》れ出させた。

「……千夏、ダメダメっていいながら、本当はイキそうなんだろ？」

俺は千夏への責めを一旦止めて、千夏の顔を見つめながら質問した。

「あ、兄ぃっ……だ、駄目だよ、ボク、本当に……本当にっ……ああんっ！」

「……いいってば。遠慮しないでイッちゃいなよ」

右手でクリトリスを弄りながら、左手では乳房や乳首を刺激し、舌で首筋や耳たぶをねぶりまわした。

二本の指でクリトリスの芯《しん》を摘んで、ちょっと強めにコリコリと数回しごいた、その時。

「あっ、ああっ……イっ……ボク、もうダメぇ……ふあぁぁんっ！」

千夏が大きな喘《あえ》ぎを上げ、身体を震わせた。達してしまったのだろう。

「あっ……あ、兄ぃ……はうっ……」

俺は、絶頂の余韻を千夏に味わわせる様に、愛撫を止めず、そのままゆっくりとペースを落として行くように愛撫を続けてあげた。

「はぁっ……はぁっ……ああん……ボク、こんなの初めて……」

身体の中で疼《うず》く余韻を味わいながら、放心した状態の千夏が言葉を漏らした。

「それだけ、千夏もエッチな事をしたがっていたんだよ。そんなに嫌悪する事ないさ」

時折、千夏が快感と自責が入り混じった複雑な表情をしたので、俺は安心させる様に笑顔でそう伝えた。

「千夏……じゃあ、いくよ?」

千夏の息が落ち着くのを見計らい、チャックを下ろしてペニスを取り出し、その先端を千夏の秘裂に宛《あて》がった。

「えっ!? だ、駄目だよっ、兄ぃっ!」

だが千夏はそれを拒んで、逃れるように俺から離れようとする。

「ボク、嫌だよ……こんな、成り行き的に兄ぃと初体験なんて、絶対にっ……!」

「そんな事言われても、ここまできて……」

突然のお預けに俺は困惑してしまう。確かにこんな形で千夏に初体験させるのも気が引ける。だが、一度高まった性欲は自分の意志ではどうしようもなかった。

その証拠に俺のペニスははちきれんばかりに膨張し、ビクンビクンと脈打ち、千夏の中に入りたがっている。

「兄ぃ、お願いだから……これだけは、許してよ……」

俺の身体の事など知ってか知らずか、千夏は懇願して縋《すが》る様な瞳《ひとみ》で俺に訴える。その姿は普段の強気な千夏からは想像も出来ない。

「……判ったよ」

俺はそんな千夏の許しを承諾するほか無かった。

「……じゃあ、代わりに……な？」

俺は立ち上がり膨張しきったペニスを千夏の口元へと差し出した。

「え？」

千夏は俺が何を要求しているのか理解できていないように目を白黒させ、ペニスの先端から目を背けるように俯《うつむ》いた。

「口でしてくれよ」

俺は自分の欲求をセックス以外の方法で処理するために千夏に促した。

「えっ……？　口で……って、その……」

いまいちピンとこないのか、千夏は少し怪訝《けげん》そうな表情を浮かべる。

「俺のを、口の中に入れてしゃぶってみたり、舐《な》めたりするんだけどさ」

「ええっ……!?　そ、そんな事……」

「な？　頼むよ、千夏……俺だって……な？　判るだろ？」

俺はそう言うと強引に千夏の頬《ほお》にペニスの先端を軽く押し付けると、さすがに折れてくれたらしく、俯いた顔を上げてくれた。

「ん……ボク、こんな事した事ないから判らないけど、やってみるね？」

そう返事して、俺のペニスにおずおずと手を伸ばし、口を大きく開いて、ゆっくりと先端を頬張った。

「んっ……んっ……」

なだらかに口元を上下させながら、ペニスをゆっくりと何度も出し入れさせる。すべすべとした千夏の上顎《うわあご》のシワに雁首《かりくび》が引っ掛かるコリコリとした感触が気持ちいい。

俺自身もかなり興奮している所為《せい》か、ペニスは千夏の口の中で更に隆々と硬く反り返っていた。

「ふぅっ……す、凄い、兄ぃの……んんっ……」

俺の完全に勃起《ぼっき》しきったペニスに驚きながらも、千夏は心なしか、少しうっとりとした表情を浮かべながら、俺のペニスをしゃぶりつづけた。

「千夏、もっと激しく動かしてみてくれよ？　俺のを素早くしごく様にさ……」

俺は千夏の口腔《こうこう》に与えられる快楽を貪《むさぼ》るため、注文をつけてそれを促す。

「う、うん……んっ、んっ、んっ……！　ふ……はぁっ……！　こ、こう？」

千夏は言われた通り、少し激しくピストン運動をしながら俺を責める。

千夏のフェラチオは確かに気持ちいいが、その動きは単調で決して上手なものではなく、射精感がまったくやってこない。

千夏は口の周りを涎《よだれ》でべとべとに濡らしながら、一生懸命にフェラチオをしてくれるが、時間を掛ければ掛けるほど、俺の亀頭の感触は鈍感になり、益々《ますます》千夏を感じられなくなっていった。

「……もう、いいよ千夏……」

これ以上してもらっても、射精するとは思えず、千夏の頭を両手で掴《つか》んで彼女の口からペニスを引き抜いた。

「兄ぃ……もういいって……?」

千夏は不安そうな顔つきで俺を見上げる。

「あ、いや、多分、イけないと思うから、今日はもういいよ」

俺はそう言って千夏の頭を軽くなでた。

「ごめん、兄ぃ……ボクが下手《へた》だから……」

千夏はそのまま俯いてしまった。

「初めてだったんだから、上手くできなくて当然だよ。気にするな」

優しく声をかけ、うなだれている千夏の前で俺は勃起したままのペニスをなんとかズボンの中にしまおうとした。

「兄ぃ……いい……よ……しても……」

千夏は自らマットに横たわり、ゆっくりと目を閉じた。

「どうしたんだ？　急に……」

さっきはあんなに嫌がっていたのに、どういう風の吹き回しだろうか。

「兄ぃに……ちゃんとイって貰わないと……ボク、女の子として見てもらえない気が……するから……」

千夏の気持ちを汲んで、彼女に覆い被《かぶ》さり、指先で秘裂にそっと触れる。千夏のそこはしっとりと濡れており、二本の指で小陰唇を軽く開くと透明の雫《しずく》が太腿《ふともも》を伝って流れてくる。

「あっ……いやぁ……」

開かれた粘膜を俺に見られた事に気づいたのか、千夏は顔を真っ赤にして俯く。

千夏の秘裂は、既に大量の粘液を溢れさせていた。

「じゃあ、挿《い》れるよ……千夏」

「う、うん……」

千夏の返事を確認し、俺はペニスを握り締め、その先端を千夏の入口に押し当てた。

「ん……あっ……」

すると、水っぽい音を立てながら、先端部分がゆっくりと埋まっていく。

「あ、兄ぃ……」

その時、千夏が俺の顔を見つめながら呼んだ。

「ん？」

「そ、その……初めてだから……」

「……判ってるよ、優しくするからさ……」

不安そうな表情をしている千夏に、俺はなだめる様に言った。

ペニスの先端に体重が掛かるようにゆっくりと腰を前に押し出した。

「んあぁっ、ああんっ……！　あ、兄ぃっ……！」

千夏の中は煮えたぎったように熱く、柔らかいヒダがから付いてくるように俺のペニスの侵入を拒む。

「きゃあぁっ！　あ……あぁ……あ……」

いっきに深く腰を入れ過ぎた所為か、千夏が破瓜《はか》の痛みを訴える様に声を上げた。

口をパクパクさせながら、目は見開き、天井を見つめて、大粒の涙を零《こぼ》している。

俺のペニスは、既に殆どが千夏の中へと埋まっている様だ。

「千夏……大丈夫か？」

あまりの千夏の反応に、思わず聞く必要の無い質問をしてしまった。

「……う、うん……でも、まだ動かさないで……お願いだから……」

間があって、少し落ち着いたように千夏は言葉を発した。

だが、余程の激痛らしく、千夏は涙を浮かべながら、苦悶《くもん》の表情を浮かべている。

俺は頷き、とりあえずその痛みを和らげる様にと、千夏の乳房を優しく掴み、乳首を、軽く弄り始めた。

「あっ……はあん……」

すると、千夏は甘い声色を漏らしながら、乳首をピンと勃たせていた。

俺は、更に指先で弾くように刺激しながら、千夏の乳首を弄り続けた。

「千夏……気持ちいい？」

「う、うん……気持ちいいよ、兄ぃ……あっ、はぁん……」

激痛があるとはいえ、ペニスを挿入されている事もあって、千夏の感度は上がっているようだった。

千夏の豊かで柔らかく、感度の増した乳房を、俺はしばらく夢中になって弄《もてあそ》んだ。

「どう？　……少しは、こっちも痛くなくなってきたか？」

「うん……何とか、良くなってきたみた……あああっっ！」

千夏の返事を待たずに俺はゆっくりと腰を揺らし始めた。

まだ、痛みが残っているらしく、千夏は苦悶の表情を浮かべたが、徐々に千夏も俺の腰の律動に合わせて、自分から身体を動かし始めた。

「あっ、あっ……あんっ……いいっ……！」

するると、千夏は口元から甘い吐息を漏らして、自分からも腰を使い始めてきた。

それを見て安心した俺は、そのまま腰を動かし続けて千夏を責めていった。

ペニスを包み、絡み付いてくる千夏の粘膜に刺激され、射精感が近づいてくる。

俺はその感覚に何がなんだか判らなくなり、膣壁《ちつへき》のヒダを貪るように、千夏の下腹部へ自分の腰を激しく打ちつけた。

「千夏っ……イクよ、千夏っ……！」

ビリビリと陰嚢《いんのう》から背筋を伝って電気の様な感覚が延髄《えんずい》を駆け上がる。

ハッとなった時に、俺は千夏の膣内に白濁色の体液を解き放っていた事に気が付いた。

「ああ……兄ぃのが、ボクの中にいっぱい……いっぱい出てるよ……」

そのまま身体を脱力させて、千夏は少し恍惚《こうこつ》しながらそう呟《つぶや》く。

俺は、千夏の身体の熱と愛《いと》おしさを感じながら、身を預けていった。


俺は千夏と、しばらく旧体育倉庫の床に敷いたマットの上で身体を重ねあった後、校門で千夏が体操服から制服に着替えてくるのを待っていた。

「兄ぃ……おまたせ……」

俺が振り返ると、制服に着替え、カバンを持った千夏が真っ赤な顔を隠すように俯いて立っていた。そんな千夏を見ていると、こっちまで恥ずかしくなる。何か適当な言葉を俺は必死に探した。

「……気持ちよかったか？」

よりによって俺の口から出た言葉はこれだった。

「そ、そんな事ないよっ……ボクは……！」

千夏は真っ赤な顔をさらに赤く染め、俺の目を見ながら必死に弁解した。

「嘘つけよ。ちゃんとイったんだろ？　また、体育倉庫でエッチしような」

「ええっ!?　ま、またぁ？」

突然開き直った俺の提案に、千夏は驚いて目を丸くした。

「そうだよ。千夏が素直になるまで、当分続けていくからな？」

「そ、そんなぁ……」

「ほら、また口答えしてるだろ？　これは、俺が千夏に対するお仕置きも兼ねた事なんだからな？」

取ってつけた論理をまた突き出して、俺は含み笑いしながら千夏に伝える。

「それが……今回の賭けの条件って事なの？」

半ば呆《あき》れている千夏は、自分から覚悟を決めたように聞いてきた。

「うんうん、そういう事」

俺も顔をほころばせながら、明るく頷いて答えてやった。

「……もぉっ！　兄ぃってば、エッチなんだからっ！」

完全に呆れを通り越してしまったのか、千夏は顔を真っ赤にしながら俺を叱《しか》る。

「約束だからな。ちゃんと守れよ、千夏？」

「わ、判ったよ……」

千夏は少し渋りながらも、しっかりと頷く。これで旧体育倉庫での楽しみが奈々留ちゃんに続いて、また一つ増えた。

幼い身体の奈々留ちゃんにスタイル抜群の千夏。俺はこの二人をいつでも、という訳ではないが、自由にできる喜びで一杯だ。

「よしっ。んじゃ、そろそろ帰ろうか？　もう日も暮れそうだしな」

俺は一緒に帰宅しようと、千夏を誘った。

「兄ぃのバカ……ボクの気持ち、全然判ってないんだから……」

「ん？　何か言った？」

「何でもないよっ！　ほらっ。もう帰ろうよ、兄ぃ？」

「あ、ああ……？」

いきなり俺の袖《そで》を引っ張って帰ろうとする千夏の行動に合点がいかないまま、俺は千夏と一緒に家に帰った。

第三章　神原彩

朝。いつもの登校風景の中、俺は学校へと向かっていた。

「あっ……お兄ちゃん？」

後ろから彩ちゃんの声が聞こえ、俺はゆっくりと後ろを振り返る。

彩ちゃんだけでなく、千夏と奈々留ちゃんの姿もそこにあった。

関係を持っている女性が同時に二人居ると、さすがに落ち着かなかったが、俺はいつも通りに朝の挨拶《あいさつ》をする。

「おはよう、三人一緒ってめずらしいね」

彩ちゃんと奈々留ちゃんは口々に朝の挨拶をいつものように交わしてくれたが、千夏だけはどうにもよそよそしい。

千夏に目線を合わせると、頬《ほお》を真っ赤に染めて俯《うつむ》いてしまった。

「……どうしたの、千夏お姉ちゃん？　顔、真っ赤だけど……」

彩ちゃんが俯いた千夏の顔を覗《のぞ》き込んだ。それにつられて奈々留ちゃんも千夏の顔を見上げる。

「あっ、本当だ。千夏お姉ちゃん、まっ赤っかだよ？　熱でもあるの？」

二人の様子から千夏は昨日の事を話してはいないようだ。

「なっ、何でもないよっ。何でもないから、大丈夫……」

二人からの指摘に、千夏は必死に弁解する。

「本当に大丈夫なのか？」

「あ……」

俺の手の平が額に触れると、千夏は真っ赤に染まった頬をさらに赤くした。俺はそんな千夏に、周りに聞こえない小声で話し掛けた。

「……いちいちうろたえるなって。ちっとは普通にしろよ」

そう話し掛けると、俺は千夏から離れ、彩ちゃんと奈々留ちゃんに熱は無いみたいだとだけ言った。彩ちゃんと奈々留ちゃんは安心したようにホッと溜息《ためいき》をついた。

千夏も俺の指摘に我を取り戻したのかさっきよりも落ち着いている。その時、彩ちゃんがおもむろに口を開いた。

「でも、この四人が一緒になって登校するなんて、何か珍しいね？」

思えば、あまり四人で登校した事は無かった。親同士が結婚するとは言え、まだ一緒に暮していろわけではないし、直《す》ぐ隣に住んでいるのでわざわざ一緒に登校する約束もした事はない。

家族になる予定だけがあって、まだ他人同士であり、お互いの家庭に干渉する様な事はなかった。

「うん、そうだね。みんなで登校するなんて、あんまり無かったと思うなぁ……」

「でも、奈々留はいつもお兄たんと一緒に居たいなぁ……」

「……隣に住んでるのに、今更一緒に暮らすとかどうこうなんて、その気になれば簡単に出来るじゃない？　そんなにこだわる必要もないでしょ？」

奈々留ちゃんの言ってくれた嬉《うれ》しい言葉に千夏が水を差す。

「ん……でもぉ……」

千夏の呆《あき》れながら言った内容に、眉《まゆ》をひそめながら、奈々留ちゃんは納得出来なさそうにモジモジした。

「奈々留ちゃん、それなら今度お兄ちゃんの家にお泊りに行けばいいんじゃない？」

少し拗《す》ねる様な奈々留ちゃんに、彩ちゃんがフォローを入れるようにアドバイスした。

「あっ、そうだねっ。ねぇねぇ、お兄たん。今度、奈々留がお兄たんの所にお泊りに行ってもいい？」

彩ちゃんの提案で元気を取り戻した奈々留ちゃんが、瞳《ひとみ》を輝かせて聞いてくる。

「ははは……いいよ、それぐらい。奈々留ちゃんなら、いつでも来ていいからね」

「わぁい。お兄たん、ありがとっ！」

返事すると、奈々留ちゃんが元気よく俺に抱きついてきたのを受け止め頭を軽く撫《な》でてあげた。

「そ、そんなのって……いいの？」

千夏は拍子抜けしたようにこっちを見ながら、呆然とした顔を浮かべていた。

「……何だよ、千夏？　奈々留ちゃんの事あれこれ言いながら、ひょっとしてお前も泊まりに来たいのか？」

俺は呆然とした顔の千夏をからかうように、口元を歪《ゆが》めて笑いながら吹っかける。

「なっ……!?　ばっ、バカな事言わないでよっ!?　何で、ボクが今更兄ぃとそんな事して喜ばなきゃいけないんだよっ!?」

ただの冗談なのに、千夏は必要もなく焦って、激しく否定してきた。

「あ、また真っ赤になってるよ～？」

奈々留ちゃんはさっきの仕返しか、ここぞとばかりに千夏を反撃した。

「な、奈々留ちゃん……ダメだよ、そんなに言っちゃ……」

そんな奈々留ちゃんを彩ちゃんが困った顔をして必死に諌める。

「いいんだよ、彩ちゃん。図星つかれて、焦ってるだけなんだしさ」

「ああ、もうっ！　みんな兄ぃが悪いんだっ！」

図星を指されたのか、俺と奈々留ちゃんの言葉に、千夏は怒り、カバンを振り上げて、俺にあたり始める。俺は千夏の振り下ろされたカバンを避け、千夏から逃げるように走った。その後を千夏が追いかけ、それに彩ちゃんと奈々留ちゃんも続いた。

今日の授業の終了を告げるチャイムが鳴り響いた後、俺が放課後の練習にそろそろ行こうかと考えていた時だった。

「お兄たんっ、一緒に行こっ？」

ひょっこり奈々留ちゃんが現われて、俺に声をかけてきた。

どうやら一緒に練習するのが待ち遠しかったらしく、わざわざ迎えに来てくれたようだ。

「ああ、いいよ。じゃあ、行こうか？」

俺は、奈々留ちゃんの頭を数回撫でながら返事してあげた。

「お兄たん、また着替えないの？」

制服のまま教室から出ようとしている俺に、奈々留ちゃんは怪訝《けげん》そうに質問してくる。

「まあ、俺は真面目《まじめ》に練習するつもりなんてないからなぁ……」

「でも、練習は大事だよっ？　お兄たん」

俺が適当に答えた事に対し、奈々留ちゃんは少し真面目そうに反論してきた。

「ははっ……そうだね。考えておくよ、奈々留ちゃん」

俺は苦笑しながらも奈々留ちゃんの手を取り、教室を出た。

旧校舎を目指し、校舎から出て、グラウンドを横切ろうとしたとき、短距離走の練習をしている彩ちゃんの姿が見えた。

「どうしたの、お兄たん？」

俺が思わず足を止めてしまったため、奈々留ちゃんは訝《いぶか》しげに俺の顔を覗き込んできた。

「ん？　ほら、あっち……」

「あっ、彩お姉ちゃんだ」

俺が顔をそっちの方に振って教えると、奈々留ちゃんも気づいたらしく、彩ちゃんを見つけたようだ。

「奈々留ちゃん、俺ちょっと彩ちゃんに声かけてくるね」

「うにゅ～……奈々留、お兄たんと一緒に練習したかったのにぃ……」

奈々留ちゃんは拗ねた素振りで、唇を尖らせ、上目遣いで俺を見た。

「ごめんね、奈々留ちゃん。でも、ここんところ彩ちゃんとあんまり話してないから、ちょっと声かけたいんだよ」

「それならしょうがないかなぁ……いいよ、お兄たん。奈々留、でんぐり返しじゃないの、一人で練習するね」

奈々留ちゃんは無理に微笑《ほほえ》みを作るが、それがかえって痛々しい。

「ごめんね、奈々留ちゃん……」

俺はそう言って奈々留ちゃんの頭を一撫でして、彩ちゃんの居るところに向かって行った。

「彩ちゃんっ」

「あっ、お兄ちゃん？」

声をかけると、彩ちゃんは直ぐに俺の方に振り向いて返事する。

「調子……どう？」

「うん。大丈夫だよ、お兄ちゃん」

「そっか……最近は、大分身体《からだ》が強くなったね？　やっぱり、新体操始めてから、大分体力がついたみたいだね」

昔は何かと身体が弱く、早退を繰り返していた。俺は学校をサボるいい口実とばかりに、よく彼女を負ぶって一緒に早退したものだ。

だが、身体を強くする為《ため》の運動をしようと新体操を始めてからは、少しずつではあるが確実に体力がつき始めているようだ。

おかげで、最近は早退や遅刻などは殆《ほとん》ど無くなって、病院へ通う回数もかなり減ってきている。

「やっぱり、そうなのかなぁ……」

彩ちゃんは少し目元を緩ませて微笑みながら答えた。

「でも、俺が彩ちゃんの心配する必要も段々なくなってきちゃったけどね……」

「う……うん」

俺が苦笑いしながらそう言うと、彩ちゃんは少し表情を曇らせながら頷《うなず》いた。

「お兄ちゃん……お兄ちゃんは、私の身体が良くなって、もう心配する必要がなくなってきた事……良かったたって思ってる？」

彩ちゃんは少し改まった態度で俺に質問してきた。彩ちゃんは一体何を意図してこんな事を聞いてきたのか判《わか》らないまま、今俺の中にある気持ちを正直に答えた。

「ん……そうだなぁ、彩ちゃんの身体が良くなったのは嬉しかったけど……ちょっと、複雑な気持ちかなぁ……」

「え……複雑？」

予想していなかった答えだったのか彩ちゃんは少しキョトンとしている。

「今まで、ずっと俺が彩ちゃんの傍《そば》に居てあげれてたけど……最近は居る必要もなくなってきちゃったたっていうか……それどころか、居る時間そのものが少なくなっちゃったじゃない？　何だか、もう自分が居なくても彩ちゃんは大丈夫なんだって思っちゃってさ……だから、ちょっと複雑っていうか……」

彩ちゃんが新体操をやり始めてから、身体の心配が無くなっただけでなく、放課後に一緒に帰る事もめっきり減った。

互いに居る時間の短縮だけでなく、彩ちゃんが俺無しでも普通に生活を送れるようになってしまった事。

それに対する寂しさみたいなものが、俺の中にあるのだろう。

「……お兄ちゃんは、私がお兄ちゃんから自立しちゃうのが嫌なの？」

「い、いや、そういう訳じゃないけど……彩ちゃんが、元気になって一人で自由な生活が出来るのはいい事だと思うよ。ただ、ちょっと……何て言うか、その……」

さすがに『彩ちゃんが俺から離れてくみたいで寂しい』なんて言える訳も無く、俺は少し、どもりながら返事した。

「ううん、もういいよ……ありがとう、お兄ちゃん」

彩ちゃんは俺の気持ちを察してくれたのか、少し頬を染めながらそう言ってくれた。

「あ、そうだ。私、これからラインカーを取りに行かなくちゃ」

唐突に思い出したように、彩ちゃんがそう言った。

「何処《どこ》にあるの？」

「ん……体育倉庫の前にあるって言われたの」

彩ちゃんが今言った体育倉庫は、昨日や一昨日に行った旧体育倉庫ではなく、数年前に出来たばかりの新しい体育倉庫の方だろう。

「ああ、そうなんだ。じゃあ、俺も一緒に付き合うよ」

距離的にもそんなに遠くはないし、せっかくこうして久しぶりに二人きりでいられる時間が出来たのだ。俺は進んで彩ちゃんに付き合う事にした。

「え？　いいよ、直ぐそこだから」

「……だからだよ。直ぐそこなんだから俺も行くよ」

「うん……ありがとう、お兄ちゃん」

俺が苦笑いしながら答えると、彩ちゃんも笑顔を見せながら頷いて、俺と一緒に行く事を了解してくれた。

新しい体育倉庫はグラウンドの目の前にある。俺と彩ちゃんは少し歩いて間もなく、体育倉庫前に着いた。

「……ラインカー、無いね？」

体育倉庫の前に来てみるが、ラインカーが全く見当たらない。彩ちゃんは少し不安気な声を上げた。

中を覗いて探してみるが、やはり中にも無いようだ。

「無いなぁ……」

「そうだね。どうしよう……」

少し困った顔をしながら、俺も彩ちゃんも途方にくれてしまった。

「他にラインカーがありそうなところ……あっ、そうだっ」

他に該当する場所を唐突に思い出した俺は、彩ちゃんの手を引いて、その場所へと連れて行った。

「あれ？　ここって……」

「そ。古い方の体育倉庫だよ」

昨日、一昨日と来ていただけに、直ぐにラインカーが他にありそうな場所を思いつく事が出来た俺は、迷わずここに彩ちゃんを連れてきた。

「さてと……じゃあ、探そうか？」

「わぁ……何だかひっそりしてて、凄《すご》く静かだね……」

旧体育倉庫の戸を開けて中に入ると、彩ちゃんは忘れ去られている様な旧体育倉庫の雰囲気を実感したのか、そんな事を呟《つぶや》いた。

「えっと……ラインカーは……」

早速、俺と彩ちゃんは雑多になっている倉庫内を物色するように、お目当てのものを探し始めた。

「あっ……あったよ、お兄ちゃん」

跳び箱の陰に隠れていたラインカーを見つけると、彩ちゃんは早速手を伸ばして取ろうとする。

「ん……手が届かない……」

跳び箱と跳び箱の間の隙間《すきま》から手を伸ばして、奥のラインカーを取ろうとするが、その手が届かない。

「彩ちゃん、俺がやるよ」

俺の手の長さなら何とか届くだろうと思い、今度は彩ちゃんに代わって俺が手を伸ばした。

「よっ……と」

身体を乗り出してしっかり手を伸ばすと、何とかラインカーの取っ手に届いた。

「んっ……あ、あれ？」

そのままひと思いに引っ張ろうとするが、跳び箱や他のものに引っかかってるらしく、どうにもラインカーが引っ張り出せない。

「んっ……しょっ……！」

他のものをいちいちどかして取り出すのも、正直面倒くさい。俺は強引にこのまま取り出そうと、力を入れて引っ張る。

「くっ……あぁっ!?」

突然、力を入れていたラインカーの取っ手が外れてしまい、俺は後ろに弾《はじ》けるように倒れてしまった。

「いてて……」

強引すぎたのが裏目に出てしまったらしく、俺は倒れてしまった。頭を軽く打った所為《せい》で、少し目がチカチカしてはっきりと周りが見えなかったが、俺は床に手をついて身体を起こそうとする。

「お、お兄ちゃん……」

彩ちゃんの困惑した声と共に手の平に柔らかな感触が伝わってきた。

「……っ⁉」

予想しなかった手の平に伝わる感触に、まだおぼろげにしか見えない目を見開くと、目の前には彩ちゃんの胸があった。

「……」

彩ちゃんは困惑した面持ちで俺の顔を見ている。

「ご、ごめんっ！　彩ちゃん、本当にごめんっ！」

俺は反射的に彩ちゃんから離れて、直ぐさま頭を下げた。

「う、ううん……いいの。気にしないで、お兄ちゃん……」

そう言いながらも、彩ちゃんの表情は何処となく複雑そうだった。

昔から、何かと気を遣って自分を表現しないところもあるだけに、彩ちゃんの内心は正直困った状態だろう。

「ごめんね、彩ちゃん。悪気は無かったんだけど……その……」

俺も、彩ちゃんのその性格を知っているだけに、彩ちゃんが我慢していそうな部分にはとことん気を遣ってきた。

彩ちゃんは自分の身体の事で、他人に迷惑をかけたくない気持ちが強かった所為か、自分の事をあれこれ気遣われるのは苦手な性格だ。

だから、俺が今できる事は、ただ謝る事だけだった。

「ねえ、お兄ちゃん……」

「な、何だい……彩ちゃん？」

彩ちゃんがより一層深刻そうな表情で聞いてきたので、俺は少しぎこちなく視線を泳がせながら、彩ちゃんの瞳を見つめ返した。

「お兄ちゃんは……私とこういう事するの……嫌？」

「……えっ？」

彩ちゃんの突然の質問に、俺は戸惑い、うまく言葉が見つからない。

どう答えていいか戸惑っていると、彩ちゃんはさらに追い討ちを掛けるように言葉を発した。

「嫌？　……なの？」

「そ、そんな事ないよ。嫌なんかじゃ……」

彩ちゃんが更に心苦しげな表情を浮かべて聞いてきたので、俺は慌てながら返事する。

幼い頃《ころ》から今まで幼馴染《おさなな じ》みとして、接してきた間に、彩ちゃんの事を抱きたいと思った事は一度や二度ではない。できれば、恋人に、そう考えた時だってあった。

だが、身体が弱い彩ちゃんは、俺にとって守るべき妹の様な存在だった。

「じゃあ、したいの……？　お兄ちゃん、私とこういう事したいの？」

「……あ、彩ちゃん？」

彩ちゃんの大胆に踏み込んでくる質問に、俺はただ、抱かれたいというだけではなく、何か違う意図の様なものを感じずにはいられなかった。

「お兄ちゃん……どうなの……？」

その視線は、しっかりと俺の目を捉《とら》え、俺は責められている様な錯覚を起こす。彩ちゃんは真剣だ。その瞳からも、俺に何かを聞きたがっている事がしっかりと伝わってくる。

「……正直言えば、彩ちゃんとこういう事したいって思ってはいるけど……」

俺はそんな彩ちゃんから逃げるように目を泳がせ、曖昧《あいまい》な返事をした。

「……けど？」

彩ちゃんは俺の言葉の終止形でつけられた接続助詞を、自分の望む答えの反対の意味と捉えたのだろう、目に涙を一杯に溜《た》め、覚悟を決めた様な表情で、その接続助詞の続きを聞いてきた。

「だけど……どうして、いきなりこんな事を聞くんだい、彩ちゃん？」

そんな彩ちゃんが痛々しく、俺は話題を掏《す》りかえるように答えた。

「えっ？　そ、それは……その……」

思いがけない問い掛けに、今度は彩ちゃんが戸惑った。

「お兄ちゃんから見て……一人の女の人と見られてるのか、気になったから……」

少し俯いて、どこか寂しげな表情を浮かべながら、彩ちゃんが呟いた。

「彩ちゃん……そんなに、自分に自信が無いの？」

「じ、自信が無いってわけじゃないけど……奈々留ちゃんみたいに可愛《かわい》いわけでもないし……千夏お姉ちゃんみたいにスタイルがいいわけでもないから……だから……その、お兄ちゃんから見て、私ってどうなのかな……って」

彩ちゃんの言葉にドキッとした。まさかとは思うが、千夏や奈々留ちゃんとの事を彼女は知っている様な口ぶりにもとれる。

「あ、彩ちゃんに魅力が無いなんて事、あるわけ無いさ。最近だって、新体操とかやり始めて、男子からも結構注目集めるようになったしさ」

俺は彩ちゃんの言葉にどぎまぎしたが、なんとか平静を装いながら、少し話題を逸《そ》らすように答えた。

「お、お兄ちゃん……そういう事聞いてるわけじゃなくて……ううん……何でもない」

彩ちゃんは何か言いかけながら、途中で言葉を詰まらせて首を横に振った。

「じゃあ、お兄ちゃんから見て、私は……魅力ある？」

今度はダイレクトな質問を投げかけてくる。どうやら千夏と奈々留ちゃんの名前を出したのは交友関係の少ない彩ちゃんにとって、二人は数少ない比較対象だったからなのだろう。

「……ああ、あると思うよ。彩ちゃん、昔から可愛かったから、間違いないさ」

俺は胸を撫で下ろしながら、彩ちゃんに答えてあげた。

「本当？」

「……本当だよ」

心配そうに聞いてくる彩ちゃんに、俺はなるたけ優しく、一言一句を丁寧に発音しながら答えてあげた。

「じゃあ……もし、お兄ちゃんが本当に私とそういう事したいなら……いいよ……今なら兄妹じゃないから……」

そう言うと、彩ちゃんは瞳を閉じて顎《あご》を少し上げる。俺は突然の展開に戸惑いながらも、身体を開いてくれるという彩ちゃんをゆっくりと引き寄せ、体操服を捲《めく》り上げ、はだけさせた胸の中に顔を埋め、頬擦《ほおず》りした。千夏や奈々留ちゃんのこともあり、今後兄妹になるとか、そういった抵抗は、今の俺には無い。

「あっ……お兄ちゃん……」

彩ちゃんの早打つ心音が彼女の温もりと一緒に伝わってくる。

「……綺麗《きれい》だよ、彩ちゃん……俺の手で触れられるなんて……」

本人を褒めるように呟きながら、少し小振りな彩ちゃんの乳房に、ワイヤーの入っていないコットン地の白い簡素なブラジャー越しに摩るように触れた。

「本当に綺麗だよ……彩ちゃん……」

「や、やだぁ……そんな事言わないで……お兄ちゃん……」

彩ちゃんは俺の言葉が恥ずかしいのか、頬を真っ赤に染め、身体を少し捩《よじ》って逃げようとする。

俺は手に収まっている二つの白い乳房を、少し力を入れて揉《も》み始めた。

「あっ……」

その瞬間、彩ちゃんの口から悩ましげな声が漏れる。

俺は彩ちゃんの体温と柔らかさを味わうように、ゆっくりと円を描くように乳房への愛《あい》撫《ぶ》を続けた。

「んっ……あっ、やぁっ……はぁっ……あっ……は……んんっ……」

彩ちゃんは少し緊張しながらも、温かい吐息を漏らし、身体をくねらせた。

身体をくねらせた所為で俺の前に、彩ちゃんの真っ白なうなじがあらわになる。俺はそのうなじに誘われるように、唇を近づけ、そっと接吻《くちづ》けした。

「あっ……！」

チュッと、軽く触れただけだったが、彩ちゃんは身体を電気が走ったかの様に震わせた。

俺は彩ちゃんの反応を楽しみながら、ブラジャーを胸の上に捲り上げ、うなじに何度もキスをくり返えす。

「ふあっ……はあっ……！　んんっ……！」

何度も身体を震わせ、味わった事の無い未知の感覚に、彩ちゃんは驚く様な反応を見せる。

俺は、そんな乱れる反応をもっと見たくなる気持ちが高まり、乳房の頂点にある彩ちゃんの白桃色の乳首を、優しく摘《つま》んでみた。

「あっ⁉　……い、いや……はあぁ……」

切ない溜息の様な喘《あえ》ぎ声を彩ちゃんは漏らし、何度か大きく身体を揺すった。

「彩ちゃん……もっと、その可愛い声を聞かせて……」

そう囁《ささや》くと、俺は乳房の頂点にある彩ちゃんの白桃色の乳首を、指に挟んで擦《こす》る。コリコリとした感触が指に伝わってくる。

「あっ……だ、だめぇ……お兄ちゃん、何か切ないよ……ああんっ……！」

「彩ちゃんの身体……こんなに熱くなってるよ？　それ

に……ここも、こんなに硬くなってるじゃないか？」

彩ちゃんの耳元で再度囁きながら、俺は更に硬くしこった白桃色の乳首を弄《いじ》った。

「いやぁ……そんな事、言わないで……ああっ……！」

俺は一度乳房への愛撫を止めると、次の段階へ進む為、彩ちゃんの腰の辺りに手を伸ばす。

「あぁっ……⁉　そ、そこは……」

彩ちゃんの秘部を覆う、紺色のブルマに指を沿わせていくと、彩ちゃんが驚いたように声を漏らした。

「い、嫌ぁ……」

ブルマ越しに触れた秘裂の中心が、しっとりと濡《ぬ》れているのが指を伝って判る。

「お尻を上げて……」

「え……！　う、うん……」

彩ちゃんは恥ずかしそうにコクンと頷き、背中を弓なりにして、軽く腰を浮かした。

俺は彩ちゃんの紺色のブルマと純白のパンティのゴムに手を掛け、二枚同時にゆっくりとずり下げた。

白いパンティの当て布には大きなシミが出来ており、そのシミと、薄く繁った陰毛から見える薄桃色の秘裂との間に、彼女の粘液が、つぅっと糸を張った。

彩ちゃんの粘液の糸は窓から入る陽射《ひざ》しを受けて銀色にキラキラと輝いて、それはいやらしさと幻想的な美しさを持ち合わせているように見えた。

俺は彩ちゃんの左ひざを折り曲げ、ブルマとパンティを脱がせると、彼女の足を大きく開かせる。

「い、いやぁ……お兄ちゃん見ないで……」

「……恥ずかしがる事なんかないさ。ここも、こんなに綺麗じゃないか」

内股《うちまた》に力を入れ抵抗する彩ちゃんに答えつつ、俺は秘裂に顔を埋め、ぬめぬめとした彩ちゃんの小陰唇に舌を這《は》わせた。

「あっ……！」

その瞬間、彩ちゃんの身体がビクッと震え、少し甲高い声を漏らす。

俺はそのまま続けて、何度も彩ちゃんの小陰唇を舐《な》め上げ、ゆっくりと閉じられた秘裂の中に潜む粘膜へ舌を到達させた。彩ちゃんの粘膜は少し酸味をおびた味がした。

「あっ……はぁっ……！　や、止めてお兄ちゃん……こんなの恥ずかしい……」

彩ちゃんは大股開きになった体勢となって、秘裂を露《あらわ》にしている恥ずかしさに耐えながら、俺に訴える。

「でも……彩ちゃんのここ、本当に綺麗だよ？　恥ずかしがる事なんてないさ」

俺は舐めるのを一旦《いったん》止め、小陰唇を左右に押し開いた。薄桃色のひし形をした粘膜の下部にある膣腔《ちつこう》には、薄い膜が張られており、その中心に小指が入るか入らないかといったぐらいの小さな穴がある。

まぎれもなく、彩ちゃんは処女だった。

「彩ちゃん……今まで、誰《だれ》にも触れられた事とかないんだね……？」

誰にも汚されていない、未発達の部分である事を確認しながら見つめた後、俺は思わずそんな事を質問してしまった。

「うん……」

彩ちゃんはすっかり顔を紅潮させて、一回こくりと頷いて、恥ずかしげに答える。

そんな彩ちゃんの控えめで可愛らしい反応に、俺はすっかり魅入られてしまったようだ。

俺は彩ちゃんに引き寄せられる様な感覚を覚えながら、粘液が溢《あふ》れ出ている秘裂に、再び口を近づけていった。

「あっ……!?　んっ……はあぁっ……」

ヴァギナに口付けて丹念に舌を這わせ始めると、彩ちゃんは恥ずかしさと覚え始めた快感に、甘い吐息交じりの声を漏らしていった。

俺自身の顎まで自分の唾液《だえき》で濡らし、一心不乱に彩ちゃんの秘裂をねぶり続ける。

「んんっ……あんっ……ふあっ……！」

覚え始めただけに、敏感に反応してしまうらしく、彩ちゃんの身体が激しい反応を示す。

俺は、薄い膜が張られた彩ちゃんの小さなヴァギナを押し広げるように舌をゆっくりと挿し込み、首を前後させた。

「あっ！　はあんっ……！　お、お兄ちゃんっ……わ、私っ……！」

全身をプルプルと震わせて、彩ちゃんがこみ上げてくる快感を訴えてくる。

俺は、ピストン運動を止める事無く、更に激しく彩ちゃんを責めた。

「だ、だめぇっ……わ、私……何《わ》かヘンなの……もう、もう止めてぇっ……！」

こみ上げてきた快感に実感が湧かないらしく、その事自体を少し恐れるように、必死に首を横に振る。

「怖がらなくてもいいんだよ、彩ちゃん？　……このまま、素直に感じてごらん」

彩ちゃんにそう言うと、俺は秘裂から顔を引き離し、今度は中指全体を秘裂に宛《あて》がい、左右に細かく振動させた。

「あ、あ、んんっ……はうんっ！　……だ、だめぇっ！　しちゃだめぇっ！」

俺が与える振動のリズムにあわせて、彩ちゃんは熱い吐息を漏らす。秘裂から溢れた温かい粘液は彩ちゃんの白い太腿《ふともも》から臀部《でんぶ》を伝い、マットにシミを作っていった。

「指……挿《い》れるよ……痛かったら言って」

俺はそう、彩ちゃんに宣言し、なるべく爪《つめ》が立たないように指の腹から、彩ちゃんの小さな穴に指先を沈めていく。

「あ……？　ああ……ああ……」

彩ちゃんは目を見開き、天井を見つめ、初めての異物感に戸惑っているようだ。十分に濡れていたためか、あまり痛みを感じているようではない。

痛みを感じていない事を確認して、俺は彩ちゃんのにゅるにゅると滑りのよい膣壁を擦るように挿れた指をゆっくりと、前後に動かす。

「あっ……んあっ……！　お、お兄ちゃんっ……！　私……ああっ！」

彩ちゃんは腰と足をガクガクと震わせながら、限界が近い事を訴えてくる。

「いいよ、彩ちゃん……彩ちゃんがイクところ、俺に見せてごらん、ほらっ……！」

俺は最後の快感を与えようと、秘裂に入れた指先を少し激しく蠢《うごめ》かした。

既に彩ちゃんのそこは水滴を飛び散らせ、クチュクチュと卑猥《ひわい》な水音が高く響いている。

「やっ、やあっ！　私、もう、もうっ……！　んあっ……はあぁぁっ!!」

一際甲高い声を上げると、彩ちゃんは全身を痙攣《けいれん》させる様に震わせて、グッタリと身体の力をなくして横たわった。

「はあ……はあ……」

俺はズボンからギンギンに勃起《ぼっき》したペニスを取り出し、それを彩ちゃんの絶頂を迎えたばかりの秘裂に宛がった。

「彩ちゃん……いいかい？」

その時、彩ちゃんは俺から逃れるように後ずさり、脅えた様な瞳を向けてきた。

「彩ちゃん？」

「あっ……ご、ごめんなさい……私……」

俺が挿入する体勢になろうとすると、彩ちゃんは身体を強張《こわば》らせて、小刻みに震わせている。

「彩ちゃん……怖いのかい？」

「う、うん……」

処女を喪失する痛みへのイメージが強いのか、彩ちゃんはかなりそれを恐れているようだ。

「……彩ちゃん、怖いならここで止めてもいいんだよ？」

俺は自分の欲求はあるものの、それを抑えて彩ちゃんに問いかけた。

「ううん……いいの。お兄ちゃんがしたいなら、私……」

言葉ではそう言ってはいるが、その身体は震えたままだ。彩ちゃんが無理をしているのは、直ぐに判った。

「……お兄ちゃん？」

俺は自分の気持ちを抑え込んで、彩ちゃんの身体からそっと離れた。

「そんなに無理しないでいいんだよ？　俺の為に、そこまでしなくてもさ……」

彩ちゃんは昔から周りに気を遣わせまいと、自分が背負わないでいい『重み』の様な無理を背負ってきてる。

今だって俺を気遣って、怖くてたまらないのに、構わないと言ってくれた。

「こんな成り行き的に、怖い思いする必要もないよ」

俺は立ち上がって、まだ熱く膨張しきっているペニスを無理やりズボンにしまい、制服を整えて、彩ちゃんに優しく微笑んだ。

「お兄ちゃん、私は……」

「気にしないで、彩ちゃん。俺が、止めるべきだって思ったから止めたんだ。彩ちゃんは何も悪くないさ」

いい格好をつけるのも、楽ではない。ズボンの中では解き放ってくれと叫びを上げるように脈打つペニスが無理に押さえられ、今にも折れてしまいそうな痛みが走る。

それでも、俺は彩ちゃんに無理をさせたくなかった。

「……うん」

小さく頷くと、彩ちゃんはそそくさとパンティとブルマを穿《は》き、ブラジャーを元の位置に戻して身支度を整えた。

外に出ると、辺りはすっかり夕暮れ時になっていた。

数十分、俺はグラウンドの傍らで、彩ちゃんを待つ。人の気配がして後ろを振り向くと、制服に着替え、カバンを持った彩ちゃんが立っていた。

「……帰ろうか、彩ちゃん」

顔を真っ赤にして俯いているだけの彩ちゃんに、どこかよそよそしく話し掛けた。

「うん……」

聞き取れないほどの声を上げて、彩ちゃんは小さくコクンと頷き、茜《あかね》色の夕日に照らされた顔をゆっくり頷かせ、彩ちゃんは静かに俺の傍によってきて、俺たちはどちらからとも無く歩き始める。

何を話していいか判らないまま、しばらく無言で歩いた。

「お兄ちゃん……」

そして彩ちゃんは、少し足を止め、呟くように俺を呼ぶ。

「やっぱり、私とこんな事しちゃって……後悔してる？」

少し俯きながら、彩ちゃんは唐突にそんな事を聞いてきた。

「そんな事ないよ、彩ちゃん。後悔とか、そんな気持ちは全然ないさ」

「……本当に？」

「ああ、本当だよ」

「じゃあ、お兄ちゃんがさっき止めちゃったのは……」

彩ちゃんが自責する様な表情で語ろうとしているのを遮って、俺は言葉を発した。

「彩ちゃんは、子供の頃から何でも受け入れて無理してきてるだろ？　だからさ……何か心配なんだよ、俺」

俺がそう言うと、彩ちゃんは再び俯いて、しゅんとした表情を浮かべた。

「そんな気にしないでいいんだよ、彩ちゃん？　こんな事なんか、本当に気にする必要ないからさ」

俺は精一杯の気持ちで優しく声をかけて、彩ちゃんの肩に手を乗せた。

「……じゃあ、私も一つだけ言ってもいい？」

俯いていた顔を上げて、彩ちゃんが俺の目を見て口を開く。

「う、うん」

どこか真剣な感じがした雰囲気に、俺は少し焦りながら返事した。

「もし、お兄ちゃんが私とこういう事したいのなら……いつでもいいから……」

「……えっ？」

いつもの彩ちゃんからは考えられない大胆な発言に、俺はただ驚いた。

それを言った彩ちゃんは、顔を真っ赤にして俺から視線をそらし、一人ゆっくりと歩き始める。

何故《なぜ》、いきなりこんな事を俺に言ったのかは、よく判らないまま、俺は彩ちゃんに追いつくように歩き、横に並んだ。

「……判ったよ、彩ちゃん」

俺は、一言、彩ちゃんの耳元で答えた。

彩ちゃんが恥ずかしさを堪えながら、俺に伝えてくれた事に対して、俺なりに応《こた》えてあげた。

「うん……」

彩ちゃんも、静かに一回だけ頷く。

その後、俺は彩ちゃんと一緒に帰ったのだが、お互いに声をかけづらい状態で、久しぶりに一緒に帰るというのに、一言も喋《しゃべ》る事が出来ないままの帰宅となってしまったのだった。

第四章　くいこみレッスン

神原三姉妹と関係を持って、もう一週間近くなる。

俺は日替わりで殆《ほとん》ど毎日、千夏、彩ちゃん、奈々留ちゃんの三人と関係を持ち続けていた。旧体育倉庫はまるで俺専用の無料ラブホテルだ。

神原三姉妹と旧体育倉庫で行われている情事に気付くものは今のところ誰《だれ》もおらず、当然、三姉妹同士も、自分の姉妹が同じ男と身体《からだ》を重ねているなどとは知る由もなかった。

とは言え、ちゃんとセックスをしているのは千夏だけで、他の二人にはフェラチオを教えたり、秘裂をほぐしたりといったペッティングのみだった。

奈々留ちゃんの秘裂は幼すぎ、なんどか挿入しようとチャレンジしたが、入口が小さすぎて一向に入らず、彩ちゃんは相変わらず、破瓜《はか》の痛みのイメージに脅え、宛《あて》がっただけで痛がる様だ。

今日も例に漏れず、俺は旧体育倉庫で一人の少女を待っていた。

「お兄たん！」

閉めきられた旧体育倉庫の扉が開かれ、外の陽光が飛び込んで来るのと同時に、奈々留ちゃんの俺を呼ぶ、元気で明るい声が背後から聞こえた。今日は、奈々留ちゃんの日だ。

「待ってたよ、奈々留ちゃん」

俺は振り向き、奈々留ちゃんに微笑《ほほえ》みを向ける。

奈々留ちゃんは扉を閉める事さえ忘れて、俺に飛びついてきた。俺は飛びついてきた奈々留ちゃんを抱き締め、ブルマ越しに小ぶりな尻を撫《な》でてあげた。

「ん……お兄たん……」

軽く尻を撫でただけなのに、奈々留ちゃんは幼い可愛《かわい》い声を上げた。

俺は奈々留ちゃんをさらに悦《よろこ》ばせようと、太腿《ふともも》に食い込むブルマの裾《すそ》を手繰り寄せるように中央に纏《まと》め、ブルマを奈々留ちゃんの尻に食い込ませ、上に軽く引っ張り上げる。

「あ……お兄たん……あそこがむずむずするよぉ……」

奈々留ちゃんは爪先立《つまさきだ》ちになりながら尻を左右に振って、自ら秘裂を刺激するように身体をくねらせた。

「じゃ、奈々留ちゃん、跳び箱の上に乗って、お尻をこっちに向けて」

奈々留ちゃんに食い込ませたブルマを離して、跳び箱に上がるよう指示をした。

「うん」

奈々留ちゃんは頷《うなず》き、尻に食い込んだブルマの裾に親指を掛けて引っ張り、ブルマを元の尻を覆い隠す形に戻すと、自分から跳び箱によじ登った。

俺は奈々留ちゃんが開けっ放しにしていた旧体育倉庫の扉を閉め、跳び箱の上で俺のために突き出された赤いブルマで覆われた尻へと向かった。

突き出された奈々留ちゃんの尻を鷲《わし》づかみにし、大きく円を描くように撫でまわす。

円を描く手が、外側へと力が掛かるときは奈々留ちゃんの尻の割れ目や秘裂が開かれ、内側へ力が掛かるときは尻と股間《こかん》の割れ目は奈々留ちゃんのブルマを挟み込んだ。

そして、奈々留ちゃんの尻に円を描く手の平の弧を徐々に小さくし、布二枚で覆われた秘裂の中心へと親指をゆっくりと近づけていく。

「あ……ああ……お兄たん」

焦《じ》れた奈々留ちゃんは自ら尻を揺すって、自分の感じるポイントを刺激するように秘裂を俺の指にすり寄せて来た。

奈々留ちゃんの秘裂はブルマ越しにはっきりと判《わか》るほど、濃いシミを作り、濡《ぬ》れそぼっていた。

「あっ！」

俺はブルマのゴムに指をかけ、一気に膝《ひざ》まで擦《ず》り下ろした。その瞬間、汗と女の匂《にお》いがブルマから解放され、鼻腔《びこう》をくすぐる。

「奈々留ちゃん、もうこんなに濡れてるよ」

俺はそう言いながらぴったりと閉じられた、一筋の割れ目に沿って指を滑らせた。

「あっ！　ああっ！　お兄たぁ～ん……」

奈々留ちゃんが切ない声を上げる。俺はこれ以上焦らすのも可哀想《かわいそう》だと思い、奈々留ちゃんに足を開かせるために左膝からブルマを抜き取った。

赤いブルマと薄い水色のボーダーラインの入ったコットン地のパンティは奈々留ちゃん

の右の太腿に残り、なんとも淫靡《いんび》な姿だ。

「ここはしっかり濡らしておかないとね」

俺は奈々留ちゃんの秘裂を両手の親指で左右に開き、ピンク色の粘膜を目一杯押し開いた。

俺は太腿を伝う奈々留ちゃんの粘液を一滴も無駄にしないよう、舌で掬《すく》い取りながら、その舌を奈々留ちゃんの粘膜へと這《は》わしていった。

「あっ！　やぁっ……お兄たん、そんなところ、なめちゃ嫌ぁ……」

俺の舌先が奈々留ちゃんの粘膜に触れると、奈々留ちゃんは腰を捩《よじ》って、羞恥《しゅうち》の声を漏らす。

俺は、そんな奈々留ちゃんの反応を楽しみながら、なるべく大きな音を立てるように舐《な》め続けた。

「嫌だ、嫌だって言いながら、しっかり濡らしているじゃないか、奈々留ちゃん？」

「そ、そんな事……あっ⁉」

奈々留ちゃんの声を無視して、俺は秘裂の上部に付いたクリトリスを、ちゅっと吸ってみた。

「あっ……だ、駄目っ……そ、そこは駄目ぇ……っ！」

更に、覆っている包皮を舌先で脱がしながら、赤く充血した中身に直接舌を絡めて刺激を与える。

「あっ⁉　はあっ……ああぁんっ……！　そ、そこは……あはぁっ……！」

奈々留ちゃんは身体に電気を走らせたように、ビクンっと何度も震わせながら、クリトリスに対する刺激に反応した。

「ふふ……やっぱり、ここは弱いんだね？」

舌先に絡めた奈々留ちゃんのクリトリスを、激しく音をたてて、摘《つ》み取るように吸ってみる。

「あはぁっ！　ああっ……駄目ぇっ！」

奈々留ちゃんはそう叫ぶと背中を弓なりに反らし、天井を見つめると、そのまま跳び箱にグッタリと顔を埋めた。

「イっちゃったんだね、奈々留ちゃん」

問い掛けると奈々留ちゃんは肩で息をしながら何度も頷いた。

俺は少し放心状態の奈々留ちゃんを跳び箱から抱えるように下ろし、マットに横たえ、ズボンのチャックを下ろし、トランクスをずり下げて、血管の浮き出るまで膨張したペニスを取り出した。

「奈々留ちゃん……これを舐めてくれないかな？」

奈々留ちゃんに取り出したペニスを差し出すと、奈々留ちゃんはゆっくりと身体を起こ

し、何も言わずに小さな愛らしい唇からピンク色の舌をチロリと出し、それをペニスの先端の割れ目に這わしてきた。

奈々留ちゃんの舌は鈴口から雁首《かりくび》の裏へと移り、亀頭の溝を掃除するように丹念に舐めまわし、そして、その舌は陰毛の生い茂った根元に一旦《いったん》到達し、裏筋から鈴口までを一気に舐め上げた。

今まで何度も教え込んできた甲斐《かい》があり、奈々留ちゃんのフェラチオはそれなりに上達していた。

「んっ……ふぅ……」

奈々留ちゃんは切ない溜息《ためいき》をついて、俺の充血した亀頭を口の中に頬張《ほおば》り、亀頭を軸に舌をクルンクルンと回転させてくる。これも俺が教えたテクニックだった。

俺が教えたテクニックを自ら実践してくる、健気《けなげ》な奈々留ちゃんの頭を俺は満足げに撫でた。

「んっ、んっ、んっ……ふ……うぅんっ……」

顎《あご》を使ってしっかりとピストン運動を繰り返し、俺のペニスに刺激を与えてくるのだが、まだ少し物足りない感じがあった。

「……もっと舌を絡めて、音を立てるぐらい激しくするんだ」

「んんっ……はあっ……うっ……こ、こう？」

俺のアドバイスを聞き入れているらしく、奈々留ちゃんはペニス全体に満遍なく舌を這わせて、粘膜を付着させてくる。舌を動かすと今度はピストン運動が止まった。

奈々留ちゃんは不器用なのか、ピストン運動と舌の動きの両立が上手《うま》く出来ないようだ。

このままずっとフェラチオを続けてもらっても一向に達する気配はない。

俺は奈々留ちゃんの頭を両手で押さえて、彼女の口からペニスをズルリと引き抜く。それと同時に奈々留ちゃんの口からは唾液《だえき》がタラリと流れ、顎を伝った。

「お兄たん？」

奈々留ちゃんは心配そうな顔をし、顎を伝う唾液を拭《ぬぐ》うと上目遣いで俺を見上げてきた。

俺は答えない変わりに、奈々留ちゃんの髪を優しく撫で、奈々留ちゃんの横であお向けに寝転がった。

「奈々留ちゃん、俺の上に跨《また》がってごらん」

「う、うん……」

奈々留ちゃんは何故《なぜ》、フェラチオを止めさせられたか判っていない様子のまま、俺の顔に背を向けるように跨ってきた。

太腿に手をやり、ペニスの先端が奈々留ちゃんのヴァギナに当たるか当たらないかぐらいまで奈々留ちゃんの腰を沈めさせる。

「あ！　ああっ！　お兄たん！」

俺はペニスの根元を掴《つか》み、奈々留ちゃんの秘裂に沿って何度か粘膜同士を擦《こす》り合わせた。

そして、ペニスの先端を奈々留ちゃんのヴァギナに宛がい、下から小突くように数度、突き上げる。

下から突き上げられる度に奈々留ちゃんは小さく刻んだ喘《あえ》ぎを上げた。

「このまま、ゆっくりと腰を下ろしていってごらん」

俺は奈々留ちゃんのヴァギナにペニスを密着させ、根元を手で持って固定し、俺の上に跨った奈々留ちゃんに伝えた。

「う、うん……」

奈々留ちゃんは神妙な面持ちを浮かべながら、俺のペニスの上にゆっくりと腰を下ろしていった。

「んっ……はあぁぁぁっ……！」

ペニスの先端が奈々留ちゃんの入口を少し陥没させると、奈々留ちゃんは痛いのか直《す》ぐに腰を上げてしまう。

「奈々留ちゃん、ゆっくり息を吐きながら、力を抜いて……」

俺は逃げようとする奈々留ちゃんの太腿に手を回し、再び腰を落とすように命じた。

「う……うん……お、お兄たん……」

奈々留ちゃんは首を縦に振ると、大袈裟《おおげさ》にすぅと、息を吐きながら、再び腰を落としてきた。

痛むのか一瞬、足に力が入り、腰を浮かせようとする。恐らく痛みから逃れようと、無意識に力が入っているのだろう。

「奈々留ちゃん、ゆっくり……」

俺が奈々留ちゃんに囁《ささや》くように語り掛けると、我に返ったように再び息を吐きながら、腰を落としてきた。それでもある一定の所で両膝をガクガクと震えさせ、腰を沈めるのを止めた。

「はぁっ……はぁっ……お兄たん……」

奈々留ちゃんが辛《つら》そうな声を上げる。いつもならば、ここで止めていたのだが、奈々留ちゃんの幼いヴァギナはどれだけ愛撫《あいぶ》しても、これ以上ほぐれる事はないと、俺なりの結論に達し、今日は強行させるつもりだった。

俺は無理に挿《い》れようと、奈々留ちゃんの太腿を抱きかかえるように力を入れるが、俺が強制的に力を加えれば加えるほど、奈々留ちゃんは無意識に力を入れ抵抗する。

これ以上、力を抜けと言ったところで、無理なのは見て取れた。

俺は奈々留ちゃんの太腿に上から圧力を掛けるのは止め、マットに踏ん張っている膝の内側を軽く押す。

「……あああぁぁぁんっ！」

その瞬間、奈々留ちゃんは悲鳴を上げた。俺のペニスは奈々留ちゃんの処女膜をプチプチと引き裂きながら、固く締まりつけてくる膣壁《ちつへき》を割って、奥へ奥へと侵入していく。

奈々留ちゃんの苦悶《くもん》の声が、体育倉庫内に響き渡った。

「い、痛ぁい……痛いよ、お兄たん……うっ、うっ……ひぐっ……」

あまりの痛みとショックからか、奈々留ちゃんは目にいっぱいの涙を浮かべて、酷《ひど》く狼狽《ろうばい》していた。

「お、お兄たん……お願い、動かさないでぇ……」

「大丈夫だよ、奈々留ちゃん……痛くなるまで、絶対に動かさないからね？」

激痛に苦しんでいる奈々留ちゃんを、俺は優しく諭しながら、出来る限り安心させてあげる。

「うっ、うっ……お兄たん……」

俺の言葉に大分安心したらしく、奈々留ちゃんは痛そうにしながらも、少しずつ泣き止んできた。

「少しは落ち着いた？」

「う、うん……」

「じゃあ、ほんのちょっとずつ、動かしていくよ？」

「えっ？　あっ……お兄たん……」

俺は、最初は軽く揺らす程度にだが、腰を動かし始めた。

「んあっ……い、痛っ……うぅっ……！」

まだ破瓜の痛みが残ってるらしく、奈々留ちゃんは少し揺らしただけでも、その痛みを露《あらわ》にする。

だが、さっきほど痛がる様な雰囲気もなくなっているのも確かだ。

「このまま、もうちょっとくり返していれば、少しずつ気持ちよくなってくるからね、奈々留ちゃん？」

「う、うん……お兄たん……」

俺の言葉を信じてくれたのか、奈々留ちゃんはしっかり頷いて、了承してくれた。

開通したばかりの奈々留ちゃんの膣内を、なるべく痛くしないように、ゆっくりとペニスを抜き差しさせていった。

「あぅんっ……い、痛っ……あうんっ……んんっ……お兄たぁんっ……！」

破瓜の痛みに耐えきれず、奈々留ちゃんは少し涙を零《こぼ》しながら、声を上げた。

だが、奈々留ちゃんは必死に耐え、俺がどんなに動かしても、それを止めさせようとはしなかった。

「くぅっ……んんっ……あっ……はあっ……！」

生まれて初めて味わった男そのものを、奈々留ちゃんの膣内のヒダが、ぎこちなく迎えながら蠢《うごめ》いている。

奈々留ちゃんの膣内はとても熱く、膣壁は痛いほどに俺のペニスを締め上げてきた。

「凄《すご》いよ、奈々留ちゃんの中……こんなに、きゅうきゅう締め付けてきて……」

「ほ、本当？　んあっ……はあぁっ……んっ……！」

奈々留ちゃんの膣ヒダはコリコリと硬く、雁首を引っかき、捲《めく》れ上がらせる様な感覚だ。

俺は粘膜同士が張り付きあう様な、痛みを伴った処女の感覚を味わうように何度も奈々留ちゃんの膣内を往復させた。

「んっ……あっ……はあぁぁ……お兄たぁん……」

痛みが和らぎつつあるのか、心持ち奈々留ちゃんの表情が落ち着きつつある様な感じがする。彼女の余裕も伴ってか、潤いを失っていた奈々留ちゃんの中も再び徐々に潤い始め、それを確認するように俺は少しずつピッチを速めて腰を動かした。

「いっ……くぅっ……！　お、お兄たん……もっと、ゆっくり……あはぁんっ……！」

まだ痛みがあるようだが、先ほどまでの様な粘膜同士が張り付く痛みも無くなり、わりとスムーズにピストン運動が出来るようになっていた。

処女の、それもとびきり幼い風貌《ふうぼう》の性器をした少女に、ペニスを押し込んでいる興奮と、まだ未発達の膣壁に包まれている快感に、我を忘れて俺は奈々留ちゃんを無我夢中で貪《むさぼ》った。

気づけば射精感が込み上げ、ペニスは絶頂を迎えようと膣内で痙攣《けいれん》した。このままでは奈々留ちゃんの膣内に射精してしまうと思い、ペニスを引き抜こうとした瞬間、頭の中が真っ白になり、陰嚢《いんのう》から背筋を電気が駆け巡った。

「くぅっ……で、出る！　奈々留ちゃんっ……！」

気が付いた時には奈々留ちゃんの膣内でペニスがビクンビクンと大きく脈打ち、俺は開放感で満たされていた。

「あっ、あっ……ふあぁぁぁんっ……！　奈々留のお腹の中、何か出てるぅっ……！」

俺はその快感に逆らう術《すべ》を持たず、最後の一滴まで、奈々留ちゃんの膣内へ絞りだした。

「あっ⁉　あっ、あっ……はあぁぁぁ……」

俺の白い飛沫《しぶき》を膣内で受けきった奈々留ちゃんは虚《うつ》ろな表情を浮かべながら、がくっと前のめりに倒れた。

「はあっ……はあっ……ううっ……お兄たん……」

奈々留ちゃんの中からペニスを引き抜くと、痙攣している大きく穴の空いてしまった様な秘裂から白濁色の液体と一筋の赤い液体がこぼれ落ちた。

それは、奈々留ちゃんが処女だった事を証明している、破瓜により生み出された液体だった。

奈々留ちゃんが落ち着いた後、体操服を整えた奈々留ちゃんと二人で旧体育倉庫から出た。彼女は帰りの身支度をすると言って、教室に戻る。普段なら走って着替えに戻る奈々留ちゃんだが、破瓜の痛みの所為《せい》か、今日はよたよたと歩いていた。

　俺は一人でしばらく、奈々留ちゃんが帰ってくるのを待つ。

　こんな無駄な時間を過ごさないよう、これからは旧体育倉庫でエッチのレッスンをするときは、制服やカバンは持って来てもらうようにしよう。

　そうこう考えている内に、制服に着替えた奈々留ちゃんが俺の前に戻ってきた。

「お兄たん、そろそろ帰ろ？」

　奈々留ちゃんはそう言って、俺の腕にまとわりついてくる。俺と奈々留ちゃんは腕を組んだ様な状態で帰路についた。

　まだ痛むのか、奈々留ちゃんは俺の腕にぶら下がるようにして歩いていた。


　奈々留ちゃんの処女を奪ってから数日。破瓜の痛みがまだ残っているとの事で、この所、奈々留ちゃんは授業が終わった後、放課後は残らずに家に帰っていた。

　幼い秘裂の奈々留ちゃんにペニスの挿入は、少々きつかったようだ。

　今日は千夏も彩ちゃんも部活で呼び出す事は出来ない、奈々留ちゃんも家に帰ってしまった後だった。

一人で体育祭の練習をするのは馬鹿《ばか》らしいし、このまま帰るのもなんだかつまらないので、俺は彩ちゃんが部活動をしている体育館へと足を向けた。

体育館では薄緑のレオタードを着た彩ちゃんが水色の競技用リボンを軽やかにくるくると回し、ツーテールに結んだ髪をなびかせていた。

彩ちゃんがリボンを身体に絡ませ、膝を付いて、リボンを持った手を高らかに挙げた。フィニッシュのポーズなのだろう。新体操部の部員からパチパチパチと拍手が起こる。

そして、彩ちゃんは身体に巻きつけたリボンをスルスルと解き、立ち上がって、顧問の先生や先輩に一礼すると、体育館の壁際へと小走りで向かい、彩ちゃんと入れ替わりで他の女子部員が演技を始めた。

「彩ちゃん」

俺は壁際で汗を拭っている彩ちゃんに声を掛けた。彩ちゃんはこっちを見ると汗を拭っていたタオルを握ったまま、俺の方へと駆け寄ってきた。

「お兄ちゃん……見に来てくれたんだね？」

そう言いながら彩ちゃんは嬉《うれ》しそうにも、恥ずかしそうにも取れる、はにかんだ表情を見せた。

「さっき千夏お姉ちゃんがここに来たよ」

彩ちゃんはニコニコして、先ほど千夏が体育館を訪れた事を俺に伝えてきた。

「へぇ……何でまた？」

「あのね、千夏お姉ちゃんったら、タオル持ってくるの忘れちゃったから、貸してってって」

俺が聞き返すと、彩ちゃんは待ってましたとばかりに、千夏が体育館を訪れた理由を話した。

「……何だかなぁ、千夏の奴《やつ》は。女なのに、普通そんなのを忘れてくるかね？」

「たまにうっかりするところがあるのよね、千夏お姉ちゃんは……」

そう言いながら、楽しそうに彩ちゃんはクスクスと笑っている。

「しかしまぁ……あと何ヶ月かしたら、みんな一緒に暮らす事とかになるんだろうなぁ……そうなったら、かなりにぎやかそうだよね」

「そっか……新しい家族になるんだね、私達……」

俺が彼女達とこれから家族になるという事を口にすると、彩ちゃんは急に先ほどまで楽しげだった表情を曇らせた。

「うん。そうだね……」

彩ちゃんの放つ重い空気に俺も思わず声のトーンを落としてしまう。

「千夏お姉ちゃんにとっても、奈々留ちゃんにとっても、本当のお兄ちゃんになるんだね……」

「……どうしたんだい、彩ちゃん？」

何故、そんな事を言い出したのか、俺は気になって彩ちゃんに聞いてみた。

「ん……もう、私だけのお兄ちゃんじゃなくなっちゃった事、少し残念だなぁって……」

「彩ちゃん……」

「私、本当に『お兄ちゃん』になって欲しいって思ったりもしたけど、こうして本当にそうなっちゃったら……もう……」

彩ちゃんは作り笑顔で、急に元気な声を張り上げ、俺の言葉を遮った。だが、その空元気も言葉の最後には力を失っており、元の悲しげな顔に戻り、声をフェードアウトさせていった。

「もう？」

俺は彩ちゃんの失った言葉の続きがどうしても知りたくなり、思わず聞き返してしまった。

「……お兄ちゃん……私と恋愛とか……できないよね？」

数瞬あって、彩ちゃんは口を開く。俺とは恋愛が出来ない。彩ちゃんの口から発せられた、その声音に心臓を鷲づかみにされた様な痛みが胸に走る。

「それは……俺も少し複雑な気持ち……かな……」

「お兄ちゃん……？」

確かに、毎日みんなで一緒に暮らせるようになる事は嬉しい。

だが、彩ちゃんが本当に俺の義理の妹になる以上、彼女の言うとおり、付き合うとかそういう事は無理になる。

「そうだよな……俺、彩ちゃんの本当の『お兄ちゃん』になっちゃうんだよな……」

今、彩ちゃんにそう言われるまであんまり実感が無かったが、確かに全く血が繋《つな》がってないとは言えども、兄妹に変わりは無い。仮に付き合ったとしても、それは人目を忍ぶ、不倫の恋には違いないだろう。

普通の恋人のようになれないという事実に、俺はなんとも複雑な気持ちだった。

「お兄ちゃん……戸惑っているの？」

彩ちゃんにどう答えていいか、適当な言葉さえ見つからない俺の顔を覗《のぞ》き込んできた。

「ん……そうだね。……それ以外、何て言ったらいいのか、俺もよく判らないよ……」

「じゃあ、お兄ちゃんも私と恋人みたいになれる可能性が無くなる事、少しでも残念だとか思ってるわけだよね？」

「えっ？　あ、彩ちゃん……」

彩ちゃんは確かに「お兄ちゃんも」と言った。と、いう事は「彩ちゃんも」という事なのだろうか。

もし、そうだとすれば、彩ちゃんの今の言葉は愛の告白となる。そう考えると、俺は戸惑わずにはいられなかった。

「お兄ちゃん……そう思ってくれてるんだ……」

彩ちゃんは頬を染めながら、俺の反応を上目遣いで確認すると恥ずかしそうに、そう呟《つぶや》いた。


次の日——。

放課後になって俺は旧体育倉庫へ向かった。

引戸になっている扉を開くと、埃《ほこり》っぽい旧体育倉庫の中には体操服に着替えた彩ちゃんが一人で立っていた。

彼女の直ぐ近くにある跳び箱の上には綺麗《きれい》にたたまれた制服が乗っており、傍らには、カバンが立てかけられていた。

エッチなレッスンの後、教室に戻って着替えなくてもいいように、着替え等は旧体育倉庫に持ってくるよう、三姉妹全員に、言いつけておいたのだった。

「お兄ちゃん……」

何度となく、この旧体育倉庫の中でエッチなレッスンを繰り返してきたので、彩ちゃんはこれから何をするのか判っている。そのためか、俺の顔を見た瞬間から、顔を真っ赤に染め上げた。

俺は旧体育倉庫の扉を閉め、万年床のように敷きっぱなしとなったマットに腰を下ろして、彩ちゃんを呼んだ。

　彩ちゃんは小さく頷くと、無言のまま俺に寄り添うようにマットに座る。

　俺は右手で彩ちゃんの肩を抱きながら、左手で乳房を体操服の上からゆっくりと揉《も》み解《ほぐ》した。

「ん……あっ……」

　彩ちゃんは俺の愛撫に対し、大人しくその行為を受けとめている。

「あっ……ん……はぁっ……ああ……お兄ちゃん……」

　そういう行為に慣れてきたのか、彩ちゃんはかなりリラックスして胸への愛撫を受け入れ、目を潤ませ、うっとりとした表情を浮かべている。

「大分慣れてきたみたいだね、彩ちゃん？」

「んっ……そ、そうなのかな……？」

　少し困惑した反応をしながらも、大分感じ始めてる雰囲気の彩ちゃんを楽しみながら、彩ちゃんの体操服を捲り上げ、それと同時にブラジャーも押し上げた。そして、彩ちゃんの白い乳房を直接まさぐる。

「んっ……あっ……ううんっ……」

「ふふ……身体も感じ始めているみたいだね？」

硬く隆起し始めている白桃色の乳首を摘《つま》み、その状態を確かめながら本人に問いただす。

「あんっ……あはぁっ……そ、そんな事ないよ、お兄ちゃん……」

羞恥に顔を紅潮させながら、彩ちゃんは小さく呟いて否定した。

「こんなにいやらしく乳首が勃起《ぼっき》してるのに？」

そう言いながら、硬さと同様に存在感を増してきた彩ちゃんの乳首を、指先で弾《はじ》きながら刺激する。

「んぁっ……そんなに……あっ……はぁんっ……」

乳首を中心に軽い快感が巡ったのか、彩ちゃんは乳首を弾かれる度に全身をピクンと震わせながら、少し甘い声で喘ぎ始めた。

「あぁっ……お兄ちゃん、もう、止めてぇ……んっ……」

そんな彩ちゃんの反応に楽しみを覚え、俺は何度も彩ちゃんの乳首をテンポ良く弾き続ける。やや小ぶりな彩ちゃんの乳房は弾かれた乳首を中心に小さく波打つように、ぷるんぷるんと震えた。

「ふふ……本当は感じ始めてきた癖に……」

俺はわざと彩ちゃんの耳たぶを軽くかじりながら、意地悪く、囁きかけた。

「あぁっ……そんな事、判らないよ……んんっ……！」

俺の言葉攻めに恥ずかしがる彩ちゃんの手を取り、膨張しきったペニスをズボンの上から握らせ、再び乳房と乳首を弄《もてあそ》んだ。

「あっ！　お兄ちゃん……こんなに……」

彩ちゃんは驚いた様子も無く、俺のペニスを握り締め、手の平で捏《こ》ねくるように亀頭をいじってきた。

「彩ちゃん……お願い」

俺がそう言うと、彩ちゃんは俺が何を求めているのか察知し、ズボンのチャックを下ろし始めた。そして、ベルトを解き、ズボンのホックを外して、トランクスから俺の勃起したペニスを取り出すと、俺の下腹部へ突っ伏すようにして、ペニスの先端をチロチロと舐め始める。

「んふ……んん……」

彩ちゃんは亀頭を口の中に頬張ると、ぴちゅぴちゅといやらしい音を立ててねぶり始めた。

今まで教え込んできただけあって、彩ちゃんのフェラチオはなかなかのものだ。

冷たく感じる彩ちゃんの舌が、俺の雁首に絡みつきながら、彼女の喉《のど》の奥へと強い力で吸引され、彩ちゃんの喉の奥まで到達するかと思った瞬間、吸引力はそのままにズルズルと彩ちゃんの口からペニスが引き抜かれる。絡んだ舌が雁首をめくれ上がらせ、電流のような快感が背筋を駆け上った。

「彩ちゃん、お尻こっちに向けて」

俺は彩ちゃんの尻を紺色のブルマ越しに摩りながら、彩ちゃんを促す。

「え？　……うん……」

彩ちゃんはいつものフェラチオの体勢と違うので戸惑いながら、俺の顔の方へ尻を向けてきた。俺は、彩ちゃんの股《また》の間に顔を滑り込ませる。

「やっ！　やだ、お兄ちゃんっ！」

彩ちゃんは恥ずかしがって尻を俺の顔の前から逃がそうとするが、俺は両腕で彩ちゃんの太腿を絡み取り、逃がさないようにして、顔を彩ちゃんの尻に埋もれさせ、ブルマ越しに秘裂をなぞるように口を開閉させた。

「あっ！　いやっ！　お兄ちゃん……恥ずかしい……」

彩ちゃんはそう言うと、左足を上に上げ、身体があお向けになるように反転させた。俺は彩ちゃんを逃がすまいと左手で彩ちゃんの右足首を掴み、余った手で強引にブルマとパンティの裾を引っ張って秘裂を露にし、色の薄い桃色をした粘膜へ、接吻《くちづ》けした。

「あ……ああ……お兄ちゃん……だ、だめだって……あっ！」

最初は足をバタつかせ抵抗した彩ちゃんだったが、敏感な部分を舐められ身体の力が抜けたのか、大人しくなった。

「ほら、彩ちゃんもちゃんとしてくれなきゃ」

「う、うん……んっ、んっ……あっ……はぁっ……」

俺に言われると、彩ちゃんは再び、俺のペニスを口に含み、舐《ねぶ》り始め、彩ちゃんは秘裂を俺の舌で弄ばれ、感じながらも、ちゃんとフェラチオを続ける。

ペニスを咥《くわ》えこんでいる興奮からか、彩ちゃんのヴァギナの濡れ具合は、いつも以上で、だらしなくダラダラと粘液を垂れ流した。

「随分と感じているようだね？　ほら、もうこんなに濡れているよ……」

俺は彩ちゃんの溢れる粘液を、じゅると、わざとらしく大きな音を立てて啜《すす》る。粘液を啜るのと同時に彩ちゃんの小陰唇が少し伸び、俺の口の中でブルブルと震え、ぶぶぶと、醜い音を上げた。

「んぁっ……はぅっ……んっ、んんっ……あはぁんっ……いやぁ……」

彩ちゃんは羞恥の声を上げながらも、俺のペニスを離

さず、口から出してはまた含み、俺が彩ちゃんの粘液を啜るのと同じように、彩ちゃんもまた、俺の苦味のある先走りを啜った。

俺の背筋をびりびりと電気が走る。絶頂が近い。いつもなら、このまま彩ちゃんの口に放出してしまうところだが、今日は彩ちゃんの口に放出するつもりは無かった。俺はゆっくりと彩ちゃんからペニスを引き離す。

「え？　お兄ちゃん……どうしたの？」

彩ちゃんも俺の絶頂が近い事が判っていたのだろう。絶頂直前のペニスを目の前にして訝《いぶか》しげだ。

「彩ちゃん、俺……彩ちゃんが欲しいんだ」

俺はそう言うと、彩ちゃんの紺色のブルマから彼女の右足だけを引き抜いた。

「……うん……いいよ、お兄ちゃん」

彩ちゃんはゆっくりと頷く。ここまではいつも通りだ。彩ちゃんはいつも首を縦に振ってくれるが、いざとなると腰を引き、恐怖で一杯になった表情を向ける。少し耳年増なのか、破瓜に対する痛みのイメージが人よりも大きいのだろう。

だが、今回は彩ちゃんの処女を貰《もら》う自信があった。昨日、彩ちゃんが言った、兄妹になれば恋愛が出来なくなる、という切り札を持っていたからだ。

「彩ちゃんと兄妹になってしまう前に……」

俺がその切り札を出すと、彩ちゃんはすぅっと目を閉じ、何も言わずに頷く。

「いくよ……彩ちゃん？」

彩ちゃんは何も答えない。その代わり、寝ている様な穏やかな表情を俺に向けてきた。覚悟を決めたのだろう。

俺は彩ちゃんが脅えていないのを確認すると、彼女の右足を抱え、ペニスの先端を透明な粘液を垂れ流すヴァギナに宛がう。

「あ……」

彩ちゃんは小さい吐息の様な声を漏らす。俺はゆっくりと、ペニスの先端に力を加えていった。彩ちゃんの処女膜が彼女の内部へ、ペニスと一緒に押し込まれていく。

「ああっ！　あっ！　ああ……」

彩ちゃんは痛みからか、身体を捩って古びたマットに爪を立てていた。

ペニスの先端に、ぷつ……という感触が走り、その瞬間、彩ちゃんは断末魔の悲鳴の様な叫びを上げた。

「んあああぁぁぁっ……！」

それは、彩ちゃんが俺の手によって女になった瞬間だった。

彩ちゃんの膣壁はぐいぐいと俺のペニスを締め上げ、それ以上の侵入を拒む。力任せに挿入するのは無理なようだ。俺はとりあえず、彩ちゃんの破瓜の痛みが落ち着くまで、そ

のまま動かずにいる事にした。

しばらくすると、彩ちゃんの膣壁の締め付けはほんの少し和らぎ、彩ちゃんの顔も落ち着きを取り戻しているように見えた。

「大丈夫？」

「う、うん……何とか、大丈夫そうだから……お兄ちゃん、動かしてもいいよ」

彩ちゃんにそう言われた俺は、ゆっくりと腰を動かし始めた。

「あっ……あっ……い、痛っ……はあっ……！」

まだ痛みが引かないのか、彩ちゃんは痛みを表す様な声を発しているが、思ったよりは大丈夫そうだった。

「あんっ……はあんっ……お、お兄ちゃんっ……！」

彩ちゃんの声色も、甘える様な音色が混ざり始めた。

「彩ちゃん……もっと動かしていいかい？」

「う、うん。その……お兄ちゃんがしたいなら……いいよ」

「……可愛いよ、彩ちゃん」

少し感じてきているとは言え、純潔を失ったばかりのヴァギアにピストン運動は辛いはずだ。ゆっくりと時間を掛けた方が彩ちゃんに対する負担は大きくなると俺は考え、少しでも早く絶頂を迎えるため、腰を激しく彩ちゃんに打ちつけた。

「あっ、あっ、あっ！　は、激しいっ……お兄ちゃぁん……っ！」

彩ちゃんの熱い膣壁のヒダが俺の粘膜に絡みつき、ペニス全体を握り締めるように締め上げる。

俺は彩ちゃんの処女を奪った事も忘れて、一心不乱に彩ちゃんの感触を貪った。

「凄くいいよ、彩ちゃん……凄く締まって、温かくて……あっ、彩ちゃんっ、出るっ！」

激しく責めているうちに、俺は自分の快感の込み上げを忘れてしまい、気づいたら絶頂を迎えていた。

「……あぁっ⁉　で、出てる……お兄ちゃんのが……はあっ……ああん……」

俺は、とっさに自分のペニスを抜く事が出来ず、その快感を彩ちゃんの中で弾けさせてしまった。

俺は射精の脱力感から、彩ちゃんを抱き締めるように、彼女に覆い被《かぶ》さった。

「彩ちゃん……痛かった？」

俺は彩ちゃんを抱き締めながら、彼女の耳に荒い息を吹きかけながら囁く。

「うん……でも、少しだけど……よかったよ」

彩ちゃんは恥ずかしそうにためらって、俺の耳に囁き返してきた。

俺たちは、しばらく抱き合った後、旧体育倉庫の中で身支度をすませた。

「お兄ちゃん、帰ろう？」

「ん？　ああ……」

制服に着替え、帰りのしたくを終えた彩ちゃんが、はにかみながら俺に言った。

旧体育倉庫を出た後、俺は回りに人がいない事を確認し、彩ちゃんの手をそっと握る。

彩ちゃんは一瞬ためらったようだったが、俺の手を握り返し、俺たちは手を繋いで帰宅した。

第五章　発作

八月と見まがう残暑だった九月も、もう直《す》ぐ終わろうとしている。夕刻、カナカナカナと鳴く蜩《ひぐらし》の声も最近はめっきり減り、朝晩の冷え込みは、本格的な秋の訪れを感じさせた。

体育祭の練習に宛《あて》がわれるはずの放課後を、俺はこの一ヶ月近く旧体育倉庫で義妹となる少女達と、殆《ほとん》ど毎日、身体《からだ》を重ね、彼女たちに性の快楽をレッスンしてきた。

今日も俺は三姉妹の一人を抱いていた。

「な、何をするの、お兄ちゃん……？」

俺は彩ちゃんを立たせ、背後から紺色のブルマの裾《すそ》を引っ張り上げ、秘裂へ食い込ませた。

突然の事に驚き、彩ちゃんは不安を募らせた表情を浮かべている。

正常位や騎上位といったオーソドックスなスタイルでのセックスばかりだったので、今日は趣向を変えてみるつもりだ。

「今日は、立ったまま挿《い》れてあげるよ」

俺はそう言うと、彩ちゃんの秘裂の食い込むブルマとパンティを、彼女のぷっくりとした、大陰唇に引っ掛けるようにずらし、秘裂の上部にあるクリトリスを包皮の上から押し潰《つぶ》すように指の腹でこねくり回した。

「あっ！　ああっ！　……そんなぁ、立ったままなんて……」

彩ちゃんは内股《うちまた》を閉じ、膝《ひざ》をガクガクと震わせて俺の腕にしがみ付いてきた。クリトリスを弄《いじ》る俺の手を彩ちゃんの内股はがっちりと挟み込み、離そうとしない。

俺は彩ちゃんの左足を抱え上げ、彩ちゃんを片足立ちにさせた。俺は内股の抵抗が無くなった指先を秘裂に沿わせてぬるりとヴァギナまで一気に滑り込ませた。

「あっ！　あふっ！　んん……」

数日前に純潔を失った彩ちゃんのヴァギナは、いとも簡単に俺の指を根元までくわえ込んでいった。

彩ちゃんの柔らかく熱い膣壁《ちつへき》を捏《こ》ねくるように挿入した指を蠢《うごめ》かせる。彩ちゃんの秘裂は卑猥《ひわい》な水音を上げ、溢《あふ》れ出た彼女の粘液はバランスを取っている右足の太腿《ふともも》を伝っていった。

十分に濡《ぬ》れそぼった事を確認した俺は、手早くズボンからペニスを取り出し、その先端を彩ちゃんのヴァギナへと宛がった。

「あっ……やあっ」

彩ちゃんは立ったまま挿入されるという変則的なセックスに抵抗があるのか、首を小さく左右に振る。

「大丈夫だよ、直ぐに慣れるからね？」

俺は微笑を浮かべて囁《ささや》くと、彩ちゃんの膣内にペニスを突き立てた。

「んあっ⁉　はあああぁぁぁっ……！」

膣内の最奥まで一気に挿入すると、彩ちゃんは痛みと恥ずかしさが混ざった声を上げた。

今一つ挿入感は無かったが、無理に上方を向いたペニスは、弾力で元の位置に戻ろうとする。その所為でペニスの裏筋は彩ちゃんの柔らかな膣壁に押し付けられ、左にずらしたブルマとパンティが竿《さお》を摩擦する。今まで経験した事のない様な快感が味わえた。

「じゃあ、動かすよ？　彩ちゃん……」

俺はあえて彩ちゃんの返事を待たず、ペニスの抜き差しを開始した。

「い、いやっ……！　うっ……あぁっ……痛っ……！」

彩ちゃんが痛みを訴える声を上げる。恐らく、膣壁上部、すなわちクリトリス側の膣壁に俺の無理やりな力が掛かり、押し付けられているためのものだろう。

立ったままペニスを咥《くわ》えこんでいるという羞恥とも相まって、彩ちゃんの身体はキュッと引き締まり、それに呼応するように膣内も引き締まるのが判《わか》る。

「彩ちゃんの中……俺のを元気良く締めつけてるよ？」

俺は少し激しく腰を揺らしながら、彩ちゃんの羞恥を誘うように、耳元で囁いた。

「そ、そんな事……い、いやぁ……お願い、意地悪言わないで、お兄ちゃん……」

涙まじりの消え入りそうな声で、彩ちゃんは訴えてきた。

それでも俺は、腰を揺するのをやめず、彩ちゃんの膣壁上部をペニスの裏ですりあげる。

「お、お兄ちゃん……うぅっ……あはぁっ……！」

彩ちゃんの辛《つら》そうな反応に罪悪感と加虐性を同時に刺激され、今までにない様な興奮を覚えた。

初めての立位は、慣れてくると亀頭だけを包み込む様な焦《じ》れる快感であったが、その興奮が俺を一気に絶頂まで引き上げる。

「ううっ！　彩ちゃんっ！　俺……」

背筋を走る電流に身を任せ、俺は一気に彩ちゃんの膣内目掛けて、白い飛沫《しぶき》をぶちまけた。

小さくしぼんだペニスが重力とブルマとパンティが戻る反発力に逆らわず、彩ちゃんのヴァギナから抜け、だらりと垂れ下がると、ブルマとパンティは裾のゴムの弾力で戻り、彩ちゃんの秘裂を覆い隠した。

彩ちゃんの中から、俺がいま射精したばかりの熱い液体が染み出し、紺色のブルマの当て布部分に大きな黒いシミを作る。

彩ちゃんは俺の手から滑り落ちるようにへなへなとその場に座り込んだ。

「彩ちゃん……」

俺の呼びかけに彩ちゃんは潤ませた目を俺に向け、俺が何を望んでいるか察知したように、精液と彩ちゃんの粘液とで汚れた、だらりと垂れ下がるペニスを口に含み、汚れを綺《き》麗《れい》に舐《な》め取ってくれた。

彩ちゃんが舐めてくれ、綺麗になったペニスをズボンにしまうと、彩ちゃんも俺の精液で汚れたブルマの上からスカートを穿《は》き、スカートが捲《めく》れないように気を遣いながら、ブルマとパンティを脱いだ。そしてカバンから真新しい白色のパンティを取り出し、スカートをたくし上げてそのパンティに足を通した。その後、体操服を脱ぎ、濃いグレーのインナーシャツを着込んで、制服の上を羽織った。

「じゃあ、そろそろ帰ろうか……彩ちゃん？」

俺は彩ちゃんが着替え終わったのを確認し、一緒に帰ろうと誘う。

「ねぇ、お兄ちゃん……」

いつもならば、微笑《ほほえ》みながら首を縦に振ってくれる彩ちゃんだが、今日はなんだか様子が違う。少し浮かばない表情をしながら俺の顔を覗《のぞ》き込んできた。

「……ん？　どうしたんだい？」

彩ちゃんは俺に何か聞きたそうだったので、彼女が話し易いようにと聞き返した。

「あの……お兄ちゃんは、私とエッチしてる事、どう思ってるの？」

「えっ……？」

突然でダイレクトな質問に、彩ちゃんが他の姉妹との事に気付いてしまったのではないかと不安を感じた。

「それって……どういう意味……かな？」

俺は慎重に言葉を選んで、彩ちゃんが何を言いたいのかを探るように、問い掛けた。

「……お兄ちゃんは、私と、どういう気持ちでエッチしてるのかなって……思ったから」

彩ちゃんは少し頬《ほお》を染めて俯《うつむ》きながら、質問の趣旨を俺に伝えた。

どうやら、彩ちゃんはただ単に、自分が俺にとってどういう存在なのかを聞きたいという事なのだろう。

「そうだな……何て言うか、彩ちゃんが凄《すご》く傍《そば》に居るんだなぁっていう実感があるかなぁ」

「実感……？」

俺は少し安心し、余裕を持って彩ちゃんに答え、彩ちゃんはその言葉に少し不思議そうに首を傾げた。

「だってさ……彩ちゃんとエッチするなんて、俺は今まで思ってても見なかったからさ……彩ちゃんが俺の前で裸になってくれると、『昔から傍に居た、俺にしかこんな事出来ない』って、特別な気持ちになるんだよ」

「お兄ちゃん……」

彩ちゃんは驚いたように口に手を当て、耳まで真っ赤に染め上げた。

「だから、彩ちゃんとエッチしてる時は、いつも嬉《うれ》しくて堪《たま》らないんだよ」

「……あのね、お兄ちゃん……私も、お兄ちゃんとエッチする時は、凄く特別な気持ちだよ。だから……そう言う風に言ってくれた事……私、凄く嬉しいな……」

顔を覆いながら恥ずかしそうに、必死に自分の気持ちを俺に伝える彩ちゃんが俺はたまらなく愛《いと》しくなり、そっと抱き締めた。

しばらく、無言のまま抱き合ったあと、俺と彩ちゃんは旧体育倉庫を後にして、家の近くまで手を握り合ったまま帰った。


次の日の昼休み——。

俺は飲み物を自販機に買いに行った。あと一時間、授業を受ければ楽しいレッスンが待ち受ける放課後となる。

俺は自動販売機でジュースを買った後、今日は誰《だれ》を呼び出すか考えていた。今日は千夏と奈々留ちゃんの部活が無い日なのでこの二人のいずれかになる。

最近の二人はセックステクニックも上達し、秘裂の具合も随分とこなれて、自ら締め付けたりするコントロールを覚えた。

どことなく初々しさの残る彩ちゃんと比べて、彼女たちは大胆になっており、得る事のできる快楽こそ大きくなったが、最初の頃《ころ》の初々しさというものが無くなってきた様な気がする。

彼女たちを抱く喜びというより、ただの性快楽しかない様な気がしてきた。マンネリというやつだろうか。

俺はそうこう考えながら、少し寄り道気分でいつも自分が使っているルートとは違う道順で、教室に戻ろうと、校舎の端の方の、三階部分の廊下を歩いていた時、俺は傍にある一つの教室が目に入り、少し気に掛かったので足を止めた。

見たところ、何の教室なのかも書かれていないない白いプレートがかけられていて、室内は無人の状態だ。

面白半分の気持ちで、俺はその教室のドアを開けて入り、電気のスイッチに手を掛けた。

蛍光灯が瞬き、教壇の方から後部へ向かって電気が点《つ》いて行く。

「電気は点くみたいだな……」

他の教室と同じように、部屋の中に照明が点《とも》った。

電気を点ければ、少しは存在感の様なものが付加されるものだが、無人のこの教室の冷めきった様な静寂感は変わらない。やはりどこか特別な感じがする。

学校の人間から、まるで存在すら忘れられている様な場所と言えるだろう。

「あっ……そうだ」

この広々と開放された空間と、ひっそりとした雰囲気に、ある事を思いついた。俺は少し心を躍らせる様な気持ちになりながら、この場所から立ち去った。

俺は午後の授業を受けた後、急ぎ足で千夏の教室へ向かう。

「よっ、千夏」

「あれっ、兄ぃ？　珍しいね、ここに来るなんてさ？」

俺が突然千夏のクラスの前に現われたのが意外だったらしく、千夏は意表をつかれた様な表情をしていた。

「なあ、千夏……ちょっと、俺に付き合ってくれない？」

「付き合うって……また今日も、体育倉庫に行くの？」

これからいつも通り、エッチをしに行くものだと思っていたらしく、千夏は頬を少し染めてそう言った。

「いや、違う所だよ。ちょっと、一緒に付き合って欲しいんだよ」

「違う所……ね。どうせまた、何かヘンな事考えてるんじゃないの？」

千夏は勘を働かせ、俺を疑う様な目で見ながらそう言った。

「そっ、そんな事はないぞ」

「……とか言いながら、どもってるじゃん？」

「どもってない、どもってないっ。ほら、言われた通り、素直についてこいよっ！」

「ちょっ、兄ぃっ……！」

千夏の手を、俺は強引に引っ張って、昼休みに見つけたあの場所へと連れて行った。

「よし、ここだ」

「……何が『よし』だよっ！　人を強引に引っ張りまわしておいて……」

千夏は半ば呆《あき》れながら、振りほどくように俺から手を離した。

「まあまあ……悪かったよ、この通り」

正直、やり方がかなり強引だったのも確かなだけに、俺はとりあえず頭をさげた。

「もう……いつも強引なんだから、兄ぃってば……」

呆れながらも、俺に謝られた事に少し照れて、頬を染める。強引にされるのも満更ではないのだろう。

「……で、こんなとこに来て、これからどうするの？」

「いや、だからさ……その、体育倉庫以外の場所でしてみるのもいいかなぁ……って」

俺は率直に自分の欲望を千夏に伝えた。

「はぁ……やっぱりね」

俺の欲求を見抜いていた様な目を俺に向け、完全に千夏は呆れてしまっている。

そんな千夏のスカートのホックに手早く俺は手を掛け、それを外すとチャックを下ろした。

「きゃぁっ!?　い、いきなり何するんだよ、兄ぃっ!?」

スカートはふわりと無人の教室の床に舞い降り、千夏は制服に臙脂《えんじ》色のブルマという姿となってしまった。

「やっぱりブルマを穿いてたな？」

千夏がスカートの下にブルマを穿いている事は見当がついていた。

「なっ、何なの、それぇ……？」

「これから、高跳びの練習もある事だから、多分ブルマをスカートの下に穿いてるんじゃないかってね」

「な、なんでそんな事……兄ぃ、そんな事狙《ねら》ってたわけ？」

千夏はそう言いながら、床に落ちたスカートを穿き直そうと、手を伸ばす。

「こらこら。ダメだよ、穿いちゃ……これから、楽しむんだからね」

俺はブルマ越しに千夏の秘裂に手をやり、割れ目に沿って強めに擦《こす》り上げ、彼女の性感を刺激する。

「えっ？　あんっ……」

「な？　たまには、違う場所でエッチするのもいいだろ？」

俺は千夏の秘裂を指で強く擦りながら、彼女の耳たぶを軽くかじりながら囁く。

「そんなの、兄ぃだけだってば……それに、ここじゃ見つかるかもしれないし……」

「その辺は安心しなよ。ここは、校内でもかなり忘れ去られてる場所だから、誰も来たりしないさ」

この場所が忘れ去られているという確証はまったくなかったが、俺が最初に受けたこの教室の印象をそのまま、千夏に吹き込む。

「それに……千夏だって……ほら、もう……」

俺は湿りを帯び始めたブルマのシミを弄《もてあそ》ぶようにその部分に爪《つめ》を軽く立て、焦らすように指を動かしながら千夏を諭すように説得を続ける。

「ん……もう……兄ぃったら……」

俺の愛撫《あいぶ》の快感に、千夏は少し身体を火照らせながら、目を細め始めている。

「だからさ……いいだろ、千夏？」

「あっ……しかたないなぁ……早く済ませてよ、兄ぃ……」

本人の意思を確認したところで、俺は千夏の身体を楽しもうと、彼女を教室の床に座らせた。

制服のリボンを解き、ボタンを外す。そして、濃いグレーのインナーシャツと、淡い水色のブラジャーを捲り上げて、千夏の豊満な乳房を無人の教室に曝《さら》した。

俺は千夏の胸に顔を埋めながら、シミのできた臙脂色のブルマに手をかけ、パンティと一緒に擦《ず》り下げる。千夏も脱がされ慣れたもので、尻に引っ掛かる寸前で腰を浮かし、ブルマとパンティは膝まで一気に降りた。

俺は千夏の乳房に埋めていた顔を離し、膝で止まっているブルマとパンティをよく引き締まった左足からするりと引きぬいた。くしゃくしゃと丸まったブルマとパンティは千夏の右膝に引っ掛かったままだ。

そして、恥ずかしがる千夏の太腿を、少し強引にぐいっと開かせた。

「ああっ⁉　だ、ダメだってば、兄ぃ……んあん……っ」

千夏からこんな言葉を聞いたのは久しぶりだ。体育倉庫での時は、足を開かせると抵抗なく従う千夏だが、今は教室という事もあってか、それさえためらってみせる。

初めて千夏を抱いたときの様な、なんだかとても新鮮な気分だ。

俺の手は千夏の乳房を揉《も》みしだき、豊満な脂肪の塊のてっぺんにある、濃い肌色をした乳首を指で挟んでコリコリと捏ねくりながら引っ張り上げた。

そして、その指を引き締まった腰の中心にある窪《くぼ》みに宛がい、軽くほじると、若草の様な陰毛を手櫛《てぐし》で解くように、撫《な》で上げた。

「あふ……あ……兄ぃ……」

千夏は鼻に少し掛かった様な、焦れた甘い吐息をもらす。しばらく千夏を焦らした後、待ちかねたように勃起《ぼっき》したクリトリスを包皮の上からタップした。

「あっあっああっ！」

指の腹がクリトリスをタップするたびに千夏は悦《よろこ》びの声を上げる。

俺は、空いている手で小陰唇を更にぐっと拡げ、中からあずきの様な粘膜を剥《む》き出しにする。

「い、いやぁ……あ、兄ぃ……だ、誰か来たら……ああっ！　見られちゃうぅっ！」

「大丈夫だよ、千夏……直ぐにそんな心配を忘れさせてあげるからな？」

俺は人差し指の腹を千夏の勃起したクリトリスに押し当て、潰すように触れた。

「あんっ！　ああっ！　あっ！」

さすがにクリトリスを直接触れられるのは刺激が強いらしく、千夏は派手に太腿を痙攣《けいれん》させた。

「ほらほら、そんなに固くなってないで、素直に感じてみなよ？」

俺は人差し指を小刻みにバイブレーションさせる。

「あぁぁっ、んっ……あ、兄ぃっ……ああっ、あぁん……ボク、ダメぇっ……！」

早速切なそうな喘《あえ》ぎ声を漏らしながらも、激しく反応しないように抑えようと、千夏は必死そうだった。

「千夏は中を弄られるのと、こっちのお豆さんを弄られるの、どっちがいいのかなぁ？」

俺は片方の手の中指はヴァギナに挿入し、もう片方の手はクリトリスにバイブレーションを与えた。

「んんっ……そんなぁ……あっ、やぁんっ……！」

指を挿入されたヴァギナからは生温かい粘液がトロトロと溢れ出し、神聖な教室の床に小さな水溜りを作った。

「ほら、こっちはこんなに濡らして気持ちいいって言ってるじゃないか？」

「そんな……あん、ダメぇ……あっ、兄ぃっ……！」

誰も来ないであろう教室とはいえ、学校内であるには変わりない。当然、千夏の声は廊下に響いているだろう。

あまり長くしていると、本当に誰か来てしまうかもしれない。

俺は千夏を上に乗せ、脚を大きく開かせる。

「だめぇ……兄ぃ……」

これからの展開を察したのか、千夏は少し困惑した声を漏らしていた。

「ここまできたら観念しなよ、千夏……」

閉じようとする太腿を優しく撫でながら、それを止めさせ、そして、ヴァギナを軽く愛撫すると、クチュクチュと水音を奏でた。

「本当にダメだってば、兄ぃ……誰か来ちゃったら、大変だよ？」

千夏の言うとおり誰か来るといけないので、早く終わらせなければならない。

俺はズボンから血走ったペニスを取り出し、先端を千夏の濡れそぼったヴァギナに押し当てた。

「大丈夫だよ、直ぐに済ますからさ。な、千夏？」

そのままぐっと千夏の腰を下ろさせて、千夏のヴァギナにペニスを深く侵入させていった。

「んんっ……はあぁっ！」

悲痛の声を上げた千夏を気にしながらも、俺は早速ペニスを抜き差しさせ始める。

「ああっ……んっ、くぅっ……あ、兄ぃ……ゆ、ゆっくり……はぁう……」

千夏は眉《まゆ》をしかめ、大きな声を漏らさないよう、必死に我慢する。

その仕草がセックスを覚えた頃の千夏の姿をフィードバックさせ、俺の性感を一気に引き上げる。

「少しずつ激しくしてあげるからさ」

と、言いながらも、千夏を下からガンガンと容赦なく突き上げた。

「あん、あんっ……兄ぃっ、兄ぃっ……！」

千夏はまだ緊張しているのか、旧体育倉庫の時よりも、ヴァギナの締め付けがよい。

俺もいつもとは違う環境と千夏の初々しさに興奮し、挿入したばっかりだと言うのに、背中に電流が走り、射精感が近づいてきた。

「いいよ、千夏……ほら、ほらっ……！」

「ああっ……んっ、んっ、兄ぃっ……ぼ、ボク……ああっ、はあんっ……！」

千夏の反応にも変化が訪れたらしく、何となく千夏の声色にも変化が見え始めた。俺はラストスパートとばかりに少し大柄な千夏の身体が浮くほど激しく突き上げる。

俺の動きに呼応して千夏の膣壁はペニスを押し潰すように締め付け、奥へ奥へと吸い上げてきた。

「イクよっ、千夏っ……！」

俺は頂点まで達する寸前でペニスを引き抜き、その瞬間を迎えた。

「あはあっ……あっ……ああっ……ダメぇ……制服にかけちゃだめぇ……」

情事が済んだ事にほっとした様な吐息を漏らした千夏の身体に、俺の白濁色の飛沫が降りかかった。

しばらく射精の余韻に浸りながらグッタリとしていると、千夏はカバンからティッシュを取り出し、セックスの後始末を始めた。

「兄ぃのバカ……」

セックスの後始末が終わると、右足からパンティとブルマを一旦《いったん》脱いで、二枚の布を別々に分けると、そそくさとパンティに足を通し、その上からブルマを穿いた。

そしてはだけた制服を脱ぐと、捲れ上がったブラジャーを付け直し、千夏は体操服の上を着た。

「じゃあ、ボクは走り高跳びの練習があるから」

「え？　練習するの？」

俺は千夏とこれから一緒に帰るものだと決め込んでいただけに戸惑った。まさか、セックスの後、練習するとは思ってもみなかったからだ。

「兄ぃもたまにはちゃんと練習した方がいいよ。じゃあねっ！」

千夏は教室のドアを勢いよく開け、廊下に出てそれだけ言うと、ドアについたガラスが割れるかというほどの勢いで閉めた。

どうやら、教室でエッチをした事が千夏の逆鱗《げきりん》に触れてしまったようだ。

少しヒステリックで気性の荒い所のある千夏だが、根本的にはボーイッシュでサッパリとした性格だ。

今日の事を明日にまで引き摺って怒る事は無いだろう。

千夏の事は気に止めず、まだ時間も早いし、一人で帰るのも寂しかったので、俺は彩ちゃんが新体操の練習をしている体育館へと足を向けた。

新体操部の練習場所付近に目を向けると、ちょうど彩ちゃんが演技している姿があった。

緩やかにリボンを舞わせて、演技している彩ちゃんの姿を、俺は遠くから見つめていた。

演技の途中、彩ちゃんは俺の姿に気づいたのか、何度か俺と視線が合ったり、それとなく微笑みかけたりしてきてくれる。

そして、演技は終盤を迎えて、そろそろ終わろうかとしていた時。

突然、彩ちゃんは手に持っていたリボンを落として、その場にうずくまってしまった。

「彩ちゃんっ⁉」

突然の出来事に驚いて、俺は彩ちゃんの傍に駆けつけた。新体操部の顧問や部員も彩ちゃんの周りに駆け寄る。

「お、お兄ちゃん……はぁっ……はぁっ……」

膝を落として、胸の辺りを握るようにしながら、激しく呼吸を荒げていた。

「神原さんっ⁉　大丈夫⁉　大丈夫⁉」

顧問の先生は彩ちゃんの背中を摩りながらパニックになったように同じ言葉を繰り返しているだけだった。

「俺、保健室に連れて行きます！」

俺は新体操部の部員や顧問の先生の力を借りて、彩ちゃんを背負い、急いで保健室へ向かった。

「お兄ちゃん……」

不安そうな声を出しながら、彩ちゃんはぎゅっと俺の背中を抱きしめる。

「……大丈夫、俺が直ぐに連れて行ってあげるからね？　それまでは我慢しててくれよ、彩ちゃん……」

体育館を離れ、保健室へ向かう廊下で彩ちゃんは俺の耳に囁いてきた。

「お、お兄ちゃん……もう、いいの……」

「何言ってるんだよ？　このまま、彩ちゃんを放っておくわけに行かないだろ？」

彩ちゃんの体重が軽いとはいえ、人一人の重さは結構こたえる。俺の膝はガクガクと笑い出したが、目一杯の速度で保健室へ向かう。

「ち、違うの……もう、大丈夫だから……」

俺の耳元でそう言うと、彩ちゃんは突然、俺の背中からポンと飛び降りた。

「……えっ？　あ、彩ちゃん……？」

「ごめんね、お兄ちゃん……私、嘘《うそ》ついちゃった……」

彩ちゃんは申し訳なさそうに俯いて、消え入りそうな声で呟《つぶや》いた。

「その……本当は、発作はきてなかったの……」

「ええっ⁉」

俺は驚き、目を白黒させて彩ちゃんを呆然《ぼうぜん》と見た。ショックのあまり、意識が真っ白になりそうだ。

「何で……こんな事を……？」

彩ちゃんが何故《なぜ》こんな事をしたのか、俺はその真意を質そうと聞いてみた。

「それは……その……」

彩ちゃんは言い難い事なのか、困惑した様な表情を浮かべ、黙り込む。これ以上聞いても何も答えないだろう。俺も、彩ちゃんが無事だった事実に内心安心しながらも、掛ける言葉を失って、黙り込んでしまった。

「ごめんなさい……」

彩ちゃんが沈黙を破って、項垂《うなだ》れたまま、一言言った。

「……いいよ、もう、彩ちゃんが無事だったんだし……ただ……」

「……ただ？」

彩ちゃんが恐る恐る聞き返してくる。

「ただ、俺は彩ちゃんがあんな事するなんて思ってなかったから、正直驚いたよ。彩ちゃんは、絶対にこういう事をする子じゃないって思ってたからさ……」

彩ちゃんは俺の言葉にシュンとなって、俺の言葉を受け止めた。

「まあ、いいよ。とりあえず、彩ちゃんが無事だっただけでも、俺は安心したしね……それじゃ」

俺は彩ちゃんに背を向け、彼女の前から立ち去ろうとした。

「あっ、お兄ちゃんっ、待ってっ……」

彩ちゃんが咄嗟《とっさ》に俺を呼び止める。俺は足を止め、少しだけ首を反転させて、彼女の言葉に耳を傾けた。

「……ごめんなさい、お兄ちゃん……それと、ありがと……心配してくれて……」

彩ちゃんは俺を呼び止めてそう言うと、そのまま新体操の練習に戻っていく。

彩ちゃんが何故、あんな事をしたのか考えると、裏切られた気分になって、無性にむしやくしゃし、俺は当り散らしたい衝動を抱えたまま、一人で家に帰る事にした。

明日になれば、少しは俺自身落ち着いて彩ちゃんと話が出来るだろうと思ったが、朝を迎えても、俺はむしゃくしゃというか、もやもやとした気持ちに変わりは無く、登校途中、彩ちゃんの後ろ姿を見つけたが、気付かないふりをして学校へ向かった。


今日の授業は上の空で教師が黒板に何を書いているのか、何を喋《しゃべ》っているのかまるで覚えていない。ぼうっとしている間に、昼休みが来て、さらにぼうっとしている間に放課後になっていた。

ふと、我に返ってみると、今日は誰も呼び出していなかった事を思い出した。

今日みたいに、もやもやとしているときはエッチをしてスッキリするのが一番だろうと思ったが、せっかちな千夏はもう走り高跳びの練習をしているだろうし、彩ちゃんには逢《あ》いたいと思わない。消去法で奈々留ちゃんを選んだ俺は彼女の教室へと足を向けた。

約束を取り付けていなかった上に、放課後になって少し時間が経《た》っているので、奈々留ちゃんが教室にいる可能性は低いと思っていたが、教室のドアを空けると、奈々留ちゃんが一人で帰る支度をしている所だった。

「やっ、奈々留ちゃん」

「あれぇ、お兄たん？　どうしたの？」

突然、奈々留ちゃんの教室前に来た事が意外だったのか、奈々留ちゃんは珍しげな表情をしていた。

「ちょっと、これから一緒に来て欲しいところがあるんだけど、いいかな？　ちょっと、秘密の場所があるんだ」

「秘密の場所？　ふぅん……何だか、面白そうだねっ！」

どうやら興味を示してくれたらしく、奈々留ちゃんは笑顔でそう言った。

「じゃあ、これから一緒に行こうか？」

「うんっ！」

俺の誘いに、奈々留ちゃんは元気よく返事をすると、何も疑わず、一緒について来てくれた。

「……ここが、秘密の場所？」

「そうだよ。だーれも居ないでしょ？」

俺が例の空き教室に連れてくると、奈々留ちゃんは教室の中をじっと見渡す。

「誰も居ない教室って静かだね……声もちょっと響いて、何だか不思議な感じがする」

「そうだね……で、ここにはもう一つ秘密があるんだ。奈々留ちゃんと俺の、二人だけの秘密が……ね？」

そう言うと、俺は奈々留ちゃんを抱き寄せて、制服の上から優しく愛撫し始めた。

「お、お兄たん……」

奈々留ちゃんはポッと頬を染めて、困惑しながら俯いた。

「奈々留ちゃん……スカート、脱いでみてくれないかな？」

「えっ？　で、でもぉ……」

「下、ブルマ穿いてるでしょ？　だから、そんな恥ずかしくはないよね？」

「う、うん……」

俺の説得に、奈々留ちゃんは渋々スカートを脱いでいった。

「これで……いい？」

大きなリボンの制服に下半身は赤のブルマという、アンバランスな出《い》で立《た》ちが、今にもロリータ雑誌のグラビアページから抜け出てきそうな少女のようだった。

「じゃあ……しよっか、奈々留ちゃん？」

「でも……ここじゃ、誰かに見られちゃうよぅ……」

「大丈夫だよ、奈々留ちゃん。ここは、殆ど誰もこないところなんだからさ」

俺はそう言うと、奈々留ちゃんに教卓に手をつかせ、尻をこっちに向けさせた。

そして、奈々留ちゃんの背後から幼い乳房を優しく撫で上げた後、制服のボタンを外して、インナーシャツをたくし上げる。相変わらず奈々留ちゃんはノーブラだった。

「あっ！　お兄たん、ダメだよっ！」

無人の教室で幼い乳房を曝している奈々留ちゃんの赤いブルマの中に左手を潜りこませる。汗でしっとりとした天然のパイパンのドテを撫で、そして中指を奈々留ちゃんの割れ目全体を被《おお》うように宛がい、その中指を左右に軽くバイブレーションさせる。

「ダ、ダメだって……あん……お兄たん……」

空いている手で奈々留ちゃんのはだけた制服から露《あらわ》になっている小さな乳房全体を押し潰す。

奈々留ちゃんは少しとろんとした瞳《ひとみ》をして、これ以上は抵抗しようとしなくなった。

「いいよね、奈々留ちゃん？」

「うん……」

奈々留ちゃんが頷《うなず》いたところで、俺は秘裂全体を被い、小さく小刻みに震わせていた中指の動きを止めると、その指の先端で、奈々留ちゃんの包皮に包まれた未発達なクリトリスを探し当て、それを軽く突付いてみた。

「あっ……！」

その瞬間、奈々留ちゃんは何かのスイッチを押されたように、身体をビクッと震え上がらせ、俺は勃起しても小さいままのクリトリスをコリコリと押し潰すように捏ねくった。

「ふ……うっ……ん……」

奈々留ちゃんはクリトリスから全身に伝わる快楽に声を漏らすが、口元に手を当て、その声を押し殺した。奈々留ちゃんの耐える姿が、とてもいじらしくて、そそられる。

「奈々留ちゃん……もっと、声を出してもいいんだよ？　気持ちよく感じたなら、素直に声を出してもいいから……」

「う、うん……あっ……はあっ……」

俺がそう促すと、奈々留ちゃんは心持ち声を出すようになってきた。

クリトリスを弄っていた指を、割れ目に沿ってするりとヴァギナへスライドさせ、じっとりと濡れたそこへ指を突き立てた。

「あっ……ふぅ……んんっ……」

俺は奈々留ちゃんに挿入した指でヴァギナを広げるように、円を描く。十分に濡れている事を確認すると、俺は奈々留ちゃんを教卓から引き離し、生徒用の椅子《いす》に座

って、ズボンからペニスを取り出した。

「……奈々留ちゃん、おいで。俺の上に乗ってごらん。そのままでいいから」

「う、うん……」

奈々留ちゃんは少し渋りながら俺に近づいて、ブルマのまま俺に背を向けて膝を跨《また》いだ。

「自分でブルマをずらして……」

俺がそう言うと奈々留ちゃんはブルマの裾に手をかけ、パンティと一緒にずらし、無毛地帯を教室で曝した。

奈々留ちゃんは俺のペニスの上にゆっくりと腰を下ろしてくる。俺は自分のペニスを握り締め、奈々留ちゃんのヴァギナへの角度を微調整した。

ペニスの先にピトリと奈々留ちゃんの粘膜が触れる。俺はその位置が正しい事を確認すると、腰を突き上げた。

「んんっ、ああっ……！」

結合の瞬間、ぐっと背中をのけぞらせて、その衝撃に身体を支えていた足の力が抜けたのか、結合したまま俺の膝の上にペタリと尻餅《しりもち》をついた所為《せい》で、一気にペニスの全《すべ》てが奈々留ちゃんの奥深くまで、突き刺さった。

俺は椅子をガタガタと鳴らせながら、そのまま奈々留ちゃんを激しく突き上げる。

「んあんっ、ああんっ……んっ、あん……お兄たん……ダメぇ……」

奈々留ちゃんは甘ったるい喘ぎも漏らし、身体を震えさせた。

「奈々留ちゃんは悪い子だね。教室でこんなに感じちゃって……」

「あっ、そんな事……ああん、お兄たん……奈々留……奈々留、駄目ぇ……」

奈々留ちゃんは俺の言葉がよほど恥ずかしかったのか、首を左右に振ってイヤイヤをする。

「……ガマンしなくてもいいんだよ、奈々留ちゃん？　もっと声を上げてごらん」

更に奈々留ちゃんに快感を与えるべく、一気にピストンのスピードをあげる。

「ああっ、ダメっ……ああっ、ああーっ……お兄たん……お兄たんっ……！」

びくっ、びくっと全身を痙攣させながら、奈々留ちゃんは快感に身を委《ゆだ》ねて腰を上下に動かし始めていた。

絶頂が近いのだろう。奈々留ちゃんの狭い膣壁はぐいぐいと俺のペニス全体を握り締めてくる。俺はストロークを稼ぐため、奈々留ちゃんの膝の裏に手を掛け、小さい女の子におしっこさせる様なスタイルにさせ、腕力で彼女の身体を持ち上げては、重力を使って奥までペニスを突き刺した。

「あああっ！　んあっ！　お兄たんっ！　お兄たんんっ！」

ロングストロークでペニスを出し入れする奈々留ちゃんのヴァギナはびゅしゅびゅしゅと音を立てながら、透明の粘液を辺りに撒《ま》き散らした。

「あああああああっ！」

奈々留ちゃんの膣内はビクビクと激しく痙攣する。俺のペニスもその痙攣を受けて、一気に彼女の中で絶頂を迎えた。今尚《いまなお》ぐいぐいと締め付けてくる奈々留ちゃんのヴァギナに搾り出されるように、ペニスが激しく脈打ち、何度かに分けて、白濁色の飛沫を奈々留ちゃんにぶちまけた。

しばらく放心状態で結合したまま奈々留ちゃんを抱き締めたあと、彼女の中で小さくなったペニスを抜き取る。

「やん……気持ち悪いよぉ……」

奈々留ちゃんは俺の上からゆっくりと降りてそう言うと、俺と奈々留ちゃんが混ざり合った液体をたっぷりと吸ったブルマとパンティを脱ぎ捨て、ノーパンのままスカートを穿いた。

「奈々留ちゃん、帰ろうか？」

俺も硬さを失ったペニスをズボンにしまいこみ、当初の予定通りスッキリした俺は、奈々留ちゃんを帰路へ誘《いざな》った。

「うん……」

奈々留ちゃんは頷いてくれるものの、なんだか元気が無いように見える。いや、元気が無いというより、目線を床に落とし、どことなく寂しげに見えた。

「どうしたの？　奈々留ちゃん」

俺は奈々留ちゃんの様子が気になって、少し腰を屈《かが》め、目線を合わせて問い掛けた。

「お兄たん……」

奈々留ちゃんは床に落としていた目線を上げ、少し潤んだ瞳をまっ直ぐ俺に向けてきた。

「今日のお兄たん……なんだか、優しくなかったよ……」

「え？　……ごめん。もう少しゆっくり動いた方が良かった？」

セックスのとき、最初から容赦ない激しさで突き上げた事に、奈々留ちゃんがクレームを言っているのだと思い、俺はその事を謝った。

だが、奈々留ちゃんが言わんとしている事はそういう事ではなかったようだ。

「……そんなんじゃなくて……ええっと……だから……ええっと……」

奈々留ちゃんは雰囲気的な事を俺に伝えたいのだろう、言葉を必死に探している。

「……本当にごめんね」

奈々留ちゃんの考え込む仕草にじれったさを感じ、少しでも早くこの会話を終わらせたいために、俺は理由も判らないまま、再び奈々留ちゃんに頭を下げる。

「お兄たん……あのね……」

「奈々留ちゃん、もう遅いし、そろそろ帰ろう？」

俺は奈々留ちゃんが何か言おうとしたのを遮り、強引に手を引いた。

「い、痛いよ、お兄たん！」

　その瞬間、奈々留ちゃんは驚いた様な声を上げる。

　俺はその声にハっとなり、奈々留ちゃんの手を引いている自分の手を見た。俺の手は少し余分に力が入り、奈々留ちゃんの手を無理に引っ張った様な形となっている事に気が付いた。

「あ、ごめん……ごめんね、奈々留ちゃん」

　俺は奈々留ちゃんからゆっくりと手を離す。奈々留ちゃんの言うとおり、今日の俺は少し変なのだろう。今、自分が奈々留ちゃんにしでかした事を考えると、彼女の言おうとしていた事がなんとなく判った気がする。

　奈々留ちゃんをこれ以上不安にさせてはいけないと、必死に微笑を作って、彼女に向けた。鏡がないので判らないが、恐らく俺の顔は無理をして引《ひ》き攣《つ》った不自然な微笑みであったに違いない。

　忘れ去られた様な静かな教室で、俺の乾いた笑い声だけが惨めに響いていた。

第六章　二人、黄昏に包まれて

俺は一心不乱に走り高跳びの練習をしてた。放課後になってから、休憩を殆《ほとん》ど挟む事なく飛び続け、もう何度、ジャンプしたか判らない。

全身は汗まみれ、筋肉はパンパン、もう、立っているのがやっとだ。

俺がこんな気まぐれを起こしたのは、体育祭が週末に控えていた事も少しはあったが、そんな事よりも、彩ちゃんの嘘《うそ》の発作の事や、俺が昨日奈々留ちゃんにしてしまった事など、あれこれと考えては、思考が沈むばかりだったからだ。今はとにかく何も考えずに、何かに打ち込んでいたかった。

俺が一段落ついた頃《ころ》には、もう夕方でグラウンドには部活の片付けを始めている生徒の姿ぐらいしかなく、誰《だれ》も体育祭の練習をしている者はいなかった。

俺は更衣室に戻り、汗を拭《ぬぐ》って制服に着替え、カバンを持って再び外に出ると、秋の少し肌寒い風が俺を包み込み、人影の殆ど無いグラウンドは静まり返って、なんだか急に寂しく、心細く、人肌が恋しくなった。

「そういえば千夏……今日部活だって言ってたよな。まだ居るかな……」

俺は独り言を呟《つぶや》くと足を、プールの方へ向ける。

プールサイドにつくと、一人で黙々と水泳の練習に励んでいる千夏の姿があった。

「おーい、千夏ー」

俺は泳いでいる千夏に聞こえるよう、大きな声で彼女を呼ぶ。千夏は俺に気付いたらしく、泳ぐのを止め、水から上がってきてくれた。

白と紺のツートンカラーのぴっちりとした競泳用水着が水を含み、千夏の身体《からだ》にぴったりと張り付いて、肉感的な身体をさらにむっちりと見せ、水着で締め付けられている豊満な乳房の上部は水着の胸元からはみ出ていた。

「どうしたのさ、兄ぃがこんな時間にここに来るなんて？」

空き教室で半ば無理矢理エッチした事はもう、気にとめていない様子だ。

千夏は尻に食い込んだ水着の裾《すそ》を人差し指で直しながら言った。

さすがにもう夕方で、そろそろ部活が終わる頃にやってきた事に、千夏が不思議がってもしょうがないだろう。

「まあ……ちっと来る前に、久しぶりに練習したんだよ」

「練習って……高跳びの？」

千夏は鳩《はと》が豆鉄砲を食らった様な顔をし、声を裏返らせた。

「そ。まあ、誰かさんを見習ってね」

「へぇ……少しは、ボクとの勝負に本気になってくれてるわけ？」

千夏は冗談っぽく、挑発的に微笑《ほほえ》む。

「ま、そんなところかねぇ……久しぶりに、高跳びをしたくなっただけかもしんないけどな。……で、そろそろ帰ろうかと思うんだけど、一緒に帰らない？」

俺は苦笑いしながら、千夏に受け応《こた》えし、本題を切り出した。

「えっ？　ボクと？」

千夏は再び驚き、頬《ほお》を真っ赤に染めた。

「……兄ぃがボクにそんな誘いをしてくれるなんて、珍しいね」

千夏は照れているのか、落ち着かない様子で、少しモジモジとしだした。

「珍しいだけ余計だけどさ……いいだろ？」

「うん、いいよ……」

俺が念を押すように聞くと、千夏も赤い頬のまま満面の笑みを浮かべて素直に頷《うなず》いてくれた。

「じゃあ、ボクはシャワー浴びてくるから、ちょっと待っててね？」

「ああ。早くしろよ」

俺にそう言うと、冷えた身体を摩りながら、千夏はプールサイドから離れて、シャワールームの方に向かった。

俺はプールサイドに設置されてあるプラスチック製の椅子《いす》にゆっくりと腰を下ろし、千夏を待つ事にした。

「いや、待てよ……」

俺は椅子に座ると、直《す》ぐに立ち上がった。今の状況を瞬時に把握したからだ。

千夏はシャワールームへ向かったという事。そして、この場には誰も居ないという事。いわば、俺と千夏の貸しきり状態だ。

脳裏に千夏のむっちりとした水着姿がよぎる。

俺の身体は疲れていたが、ある一部だけは元気になり、欲望を抑えられなくなっていた。

千夏がシャワールームに向かってまだ三十秒も経《た》っていない。俺は急いで千夏の後を追いかける。

女子更衣室の扉に手を掛けると、鍵《かぎ》は掛かっておらず、すんなりと開いた。千夏らしいガードの甘さだ。

「千夏っ」

俺は更衣室の奥にあるカーテンを開ける。そこには水着の肩紐《かたひも》を肩から外そうとしている千夏の姿があった。

「えぇっ⁉　ちょっ……ここ、シャワー室だよっ⁉」

突然姿を見せた俺に、千夏は信じられなさそうに驚いていた。

「そう驚くなって。だってさ、ここにはもう誰も居ないんだろ？」

「そ、それはそうだけど……」

「だからさ……な？」

俺は千夏が何かを答えるよりも先に、豊満な乳房を、身体に張り付いた水着の上から揉《も》み上げた。水着の中のウレタン製のカップの感触の上からでも千夏の柔らかさはありありと判《わか》る。

「兄ぃっ？　……あっ、ダメぇ……！」

水着を無理やり中心に寄せるようにずらすと、溢《あふ》れ出るように千夏の双乳が顔を出した。千夏の両方の乳房は谷間から外へ圧力が掛かっている所為《せい》か、いつもよりもさらに大きく見える。

「凄《すご》いな、千夏のオッパイは……いかにも水着に締め付けられてたって感じだよな」

俺は感心するように言って、弾《はじ》ける様に押し出された双乳をすくい上げた。

「あぁん……ダメだってば、兄ぃ……ここじゃ……！」

シャワールームの一室での行為に、千夏は必死に抵抗する。

だが、俺はそんな言葉には耳を貸さずに、ボリュームと張りのある乳房の感触を楽しみながら、下から持ち上げるように揉みほぐしていった。

「ほら、何がダメなんだよ？　乳首はもうこんなに勃《た》ってるのにさ？」

「んぁっ……やぁっ……兄ぃ、やめてぇ……」

頬を羞恥《しゅうち》で真っ赤に上気させながら、千夏は切なげな声を上げる。

普段のきりっとした千夏とは違い、すっかり動揺して焦るその態度に興奮しながら、俺はしこった乳首をきゅっと摘《つま》んだ。

「んあぁっ、ああんっ……！」

千夏は強い刺激に、ぐっと身体を強張《こわば》らせ、俺は乳首を摘んだまま、残りの指を乳房に添えて、円を描くように揉みしだく。

「あぁん……んんっ、あっ、あぁっ……ダメぇ、兄ぃ……！」

千夏の口から喘《あえ》ぎらしい声が漏れ始め、プールで泳いでいたために冷え切っていた身体はじんわりと汗ばみ始めていた。

それでも快楽を直接口にしないあたりが、どうしてもここでの行為を受け入れないという抵抗心を表しているようだ。

「我慢はいけないな、千夏？　気持ちいいなら素直に認めた方が楽になるんじゃないの？」

「ボ、ボクはそんなんじゃ……ああっ、イヤッ……！」

口ごたえが最後まで終わらないうちに、俺は少し強く乳首を摘み上げた。千夏は身体をヒクンとのけぞらせる。

「……どこまでその意地が張れるかなぁ？　まあ、直ぐに気持ちよくなれるようにしてあげるさ……」

俺はそう囁《ささや》きながら、千夏の股間《こかん》にぴったりと張り付いた水着の裾から手を入れ、少しひんやりとする彼女の秘部に触れた。

「あっ……あぁっ……ダメだっ……ああっ！」

人差し指と薬指は千夏の小陰唇をそっと押し広げ、中指で粘膜に触れる。千夏の粘膜は外陰部のひんやりとした感触とは違って、熱く火照っており、ヴァギナはヌルヌルと湿っていた。

俺はヴァギナから染み出している粘液を中指で掬《すく》い、クリトリスの包皮を剥《む》き上げるように擦《こす》り付ける。

「あんっ！　んんっ！」

千夏は声を上げまいと歯を食いしばり、声を押し殺しているが、彼女の身体は俺を欲して熱い粘液を太腿《ふともも》にまで滴らせた。

「千夏、そろそろいくぞ？」

そう言って、向かいの壁に両手をつかせ、水着の裾を横にずらして千夏に挿入しようと、すっかり熱くなった自分のペニスを取り出した。

「えぇっ？　だ、ダメだってば、兄ぃ……こんなとこで、本当にしちゃうの？」

「何言ってるんだよ、千夏？　ここまできて、しないわけないだろ？」

ただ驚いて困惑してる千夏に、俺は呆《あき》れたように言い聞かせる。

「ほら、もう観念しろって。こんなカッコのまま、あれこれ言ってるうちに、誰かが来るかもしれないぞ？」

「そ、そんなぁ……」

俺の言い分に、千夏は言い返す言葉が無いまま、口を閉ざして大人しくなった。

俺はそれを逃す事無く、ペニスの先端を千夏のヴァギナに捻《ね》じ込んでいく。

「んんっ……はあぁっ……！」

ペニスの最も太い部分が千夏のヴァギナを押し広げ、入口を通過すると一気に奥までニュルと挿入された。

「ほら、もう入っちゃっただろ？　直ぐに動かしてあげるからな」

「あ、兄ぃ……んっ……あっ、あっ……！」

俺は千夏の左足を抱え、側面からゆっくりと腰をスライドさせた。千夏は壁についた手で身体を支え、片足でバランスを取りながら、声を漏らしながら甘受しだした。

千夏の声に呼応するように、ぶら下がった二つの大きな乳房はたぷんたぷんと波打つ。

「ほ～ら……一度入っちゃえばもう大人しくなるんだよな、千夏ってさ」

「ああっ……んあっ……ず、ずるいよ兄ぃ……んっ……！」

千夏は、俺の言葉に少し嫌悪感を露《あらわ》にしながらも、悦《よろこ》びの声を上げる。

「そんな事言いながら、本当は少し気持ちよくなってきてる癖に……」

「…あっ、はあんっ……ち、違……あうんっ……ボク、そんな事……ふぁんっ……！」

必死に否定しようとするが、俺が滑らかな腰使いを披露すると、千夏はまともに言葉を紡げないようだった。

「あんまり長くは出来ないだろうから、少ない時間にいっぱい感じてみなよ。ほら、ほらっ……！」

ようやく羞恥から快感の方へ傾きつつある千夏を後押ししようと、俺は唐突に少し激しく腰を揺らしていった。シャワーを備えた水泳部の女子更衣室に、ぴたんぴたんと肉と肉がぶつかる音が響く。

「うあぁっ！　だ、ダメぇっ！　そ、そんなに激しくされたら、ボク……ああっ、ダメなのっ……！」

否定しながらも千夏は、悦びの声を大きく上げ、ヴァギナをぐっと締め上げてきた。

俺は千夏を一気に絶頂まで引き上げるため、右手の指で千夏のクリトリスを抓《つま》み、引っ張り上げた。

「うあああっっ！　あっ！　ああっ！　あ……あぁ……」

その瞬間千夏は身体を大きく仰《の》け反《ぞ》らせ、膣内《ちつない》をビクビクと痙攣《けいれん》させると、グッタリと壁に頭をすり付け、肩で息をしていた。

俺は絶頂を迎えた千夏をさらに容赦なく、今以上に激しく、彼女の奥をペニスで突き上げた。

「ああっ！　イヤっ！　あ……ああっ！　兄ぃ……ああっ！」

千夏は身体をヒクつかせながら、更なる快楽に声を上げる。

俺の方も絶頂を迎えようと、千夏の中でペニスが一回り膨張する。陰嚢《いんのう》から背筋を電気の様なものが駆け上がり、一瞬頭の中が真っ白になった。

「ちっ……千夏っ！」

俺は千夏の一番深い所でペニスをビクンと震わせ、白い飛沫《しぶき》をそそぎ、少しペニスを引き抜いては第二波の射精のタイミングで再び彼女の深い所までペニスを押し入れる。そうして、何度かの射精を全《すべ》て、彼女の奥で堪能《たんのう》した。

千夏の中でペニスが縮むのをまってから、ゆっくりと引き抜くと、彼女は足の力を抜き、ずるずると壁に沿って、床に座り込んだ。

シャワールームの床に座り込んでいる千夏に、硬さを失ったペニスを差し出すと、千夏はそれを口に含み、汚れを綺麗《きれい》に舐《な》め取ってくれた。

俺はそんな千夏の髪を撫《な》でながら、優しく額にキスをして、その後、二人でシャワーを浴びた。

「兄ぃ……聞いてもいい？」

シャワーから出て、制服に着替えながら千夏が少し神妙な面持ちで問い掛けてきた。

「はいはい、どうぞ」

俺はどうせ、また高跳びがどうの練習がどうの勝負がどうのといったレベルの事かと思い、適当な返事をする。

「あのさ、彩となんかあった？」

千夏の言葉に一瞬心臓が何かに掴《つか》まれ、鼓動を無理やり抑えられた様な気がした。

「え？　あ……いや……どうしてそんな事を？」

突然の質問に言葉を詰まらせてしまったが、どうにか平静を保って千夏に聞き返す。

「うん……今日の兄ぃちょっと変だし……それに彩もこの所、元気なかったからさ。喧嘩《けんか》でもしたのかなって思って……」

「まぁ……色々とな。帰りに話すよ」

どうやら別に千夏は俺と彩ちゃんの関係を知っている風ではないように感じ、俺は少し安心した。

着替え終わった千夏と二人で学校を後にする。

帰り道、俺は体育館で彩ちゃんが起こした嘘の発作の事や、それがきっかけでギクシャクし、もう数日も口を利いていない事を彼女に話した。

千夏は親身になって相談に乗ってくれ、彩ちゃんも悪気が無いのだから一度ちゃんと話し合ったほうが良いと結論付けてくれた。

千夏のくれたアドバイスは月並みなものだったが、彩ちゃんに会って話をするのをためらう俺の後を押すには十分だった。

俺は数日考え、授業が終わると彩ちゃんが新体操の練習をしている体育館へと足を向けた。

彩ちゃんを今まで避けてきた俺の足取りは、鉛のように重い。自分から彩ちゃんを避けるようにしていただけに、彼女に会って、どう切り出せばいいか判らない。

それでも、俺は体育館の開放されたままの扉をくぐり、彩ちゃんの姿を探した。千夏に相談に乗ってもらっていなかったら、来る事は無かっただろう。

彩ちゃんはいつも通り、新体操部に割り振られた体育館の一角で、リボンを舞わせ新体操の練習をしていた。

「あっ……お兄ちゃん……」

彩ちゃんは体育館の壁にもたれて見つめる俺に気付くと、小走りで俺の元へ駆け寄り、声を掛けてきてくれた。

「……やあ」

思い切って彩ちゃんの前に来たものの、頭の芯《しん》がジンジンとして、意識がはっきりしない上、喉《のど》が乾上ったようにカラカラで口内から食道にかけての粘膜同士が張り付き合い、上手《うま》く声が出ない。

「あのね、お兄ちゃんっ……!?」

「……彩ちゃん、話があるから後で……今は部活に集中した方がいいよ」

切迫したように何か言おうとした彩ちゃんに、俺は遮るように声を絞り出し、言葉をかける。悪気があるわけではないのだが、今の俺の押し殺した様な声は、彩ちゃんを不安にさせている様な気がした。

舌先を奥歯で軽く噛《か》み、唾液腺《だえきせん》を刺激して干上がった口内を唾液で潤わす。口内に満たされた唾液を上顎《うわあご》や喉に擦り付けるようにゴクリと音を立てて飲み込んだ。

「今日は、部活が終わるまで待ってるから」

「うん……じゃあ、待っていて貰《もら》ってもいい？」

彩ちゃんは申し訳なさそうに、眉毛《まゆげ》を八の字にして、俺の様子を伺うように聞いて来た。

「……ああ」

俺は彩ちゃんに一言そう言って頷くと、一旦《いったん》体育館を後にし、自動販売機の置かれてあるコーナーで缶コーヒーを買い、ベンチに座って時間を過ごす。

気が付けば、腕時計の針は四時を少し過ぎていた。短縮授業の後の部活や体育祭の練習をしている生徒の姿も無くなっていた。俺は缶の底に残ったコーヒーを一気に呷《あお》って、再び体育館へ足を運んだ。

体育館の壁際に彩ちゃんが一人、もたれ掛かっているだけで、それ以外の人影は無い。

「お兄ちゃん……」

体育館に入った俺の姿を見て彩ちゃんは呟く。

「……来たよ、彩ちゃん」

俺が近づき、声を掛けると、彩ちゃんは複雑そうな表情を浮かべた。

「良かった……私、もうお兄ちゃんがここには来てくれないかもしれないって……思ってたから……」

俺は彩ちゃんの言葉に軽く頷く。

「……なんで、あんな事をしたんだい？」

遠回りに聞かず、率直に、それでもなるべく、優しい口調を作って、彩ちゃんを問《と》い質《ただ》した。

彩ちゃんは恐らく、俺がこの質問をしてくる事を予想していたに違いない。彼女なりの回答も用意してあっただろう。それでも彩ちゃんは言葉を失い、何かに耐えるように肩を震わせて黙り込んでしまった。よほどの葛藤《かっとう》があるように見える。

これ以上、何も聞かずに、前のように仲の良い幼馴染《おさななじ》みに戻りたい。これ以上、彩ちゃんを責める様な事はしたくない。

そう思いながらも、俺は続けた。

「俺はさ……どうしてもそれが聞きたいんだよ。俺の知ってる彩ちゃんは、冗談であんな事をする様な子じゃないから……何がしたかったのか、今日はそれを聞きに来たんだ」

「お兄ちゃん……私ね……私……ごめんね」

「俺は、別にそれを謝って欲しいからここに来たわけじゃないんだ……俺はね、彩ちゃんの本当の気持ちを聞かせて欲しいんだよ。彩ちゃんの本当の気持ちを、何も隠さないで伝えて欲しいんだ」

意を決したのだろうか。キリっと彩ちゃんの歯を食いしばる音が聞こえる。そして、彩ちゃんはゆっくりと顔を上げた。

「うん……判ったよ、お兄ちゃん……」

彩ちゃんはゆっくりと顔を上げ、俺に目線を合わせて、静かに一度だけ頷き、口を開き始めた。

「……私、新体操を始めて身体が少し丈夫になってきて……お兄ちゃんに心配かけなくなったけど……お兄ちゃんと一緒に居る時間とか少なくなっちゃったでしょ？」

彩ちゃんが病弱だった頃、俺は時間の許す限り、彼女の傍《そば》にいた。確かに彩ちゃんの言う通り、俺は彼女が新体操を始め、発作をあまり起こさなくなってからは、あまり傍にいる事が無くなった。

でも本当は、俺が傍に居なくても、新体操を始めた彩ちゃんは普通に生活できるどころか、周りからも注目されるようになっていった、その事実に、俺は自分が取り残されてしまった様な気持ちを抱いて、彩ちゃんに近づき難くなっていたんだ。普通に接すれば接するほど、彼女が遠く見えた。

だから、俺は体育倉庫で、彩ちゃんを専有できる事が嬉《うれ》しかった。誰も知らない彩ちゃんを俺だけが知っている事が幸せだった。

「自分とお兄ちゃんが離れていく様な気がして……。それで、今度はお母さんがお兄ちゃんのお父さんと再婚するって話聞いた時、本気で悩んでいたの……もう、お兄ちゃんの事……一人の男の人として、好きになっちゃいけないのかなって……一人の女の人として見て貰えなくなるのかなって……だから、体育倉庫でお兄ちゃんとあぁいう事をしたの……」

彩ちゃんの想《おも》いは俺が抱いていた事と酷似していた。俺たちはなんて遠回りをしてきたのだろう。

「ねえ、お兄ちゃん。私、昔が懐かしい……お兄ちゃんがいつも傍に居てくれた、あの時が……すごく幸せだったの。だから、発作が起これば、お兄ちゃんは……私の傍にずっと、居てくれるかもしれないって……私だけを見て欲しくって……だから……」

彩ちゃんは潤んだ瞳《ひとみ》をそっと閉じ、少し溢れた涙を手の甲で拭って、俺をまっ直ぐ見つめた。

「……私、お兄ちゃんの事、ずっとずっと好きだったの」

彩ちゃんはそれを言い切ると、整った小さな唇を歪《ゆが》ませ、澄んだ瞳から大粒の涙をぽろぽろと溢れさせ、それを隠すように両手で顔を被《おお》った。

「だ……から……お、お兄ちゃんに……早く、私の気持ちに気づいて……ほ、欲しっ……かっ……」

声を上げないように、嗚咽《おえつ》をかみ殺しているのが判る。俺は彩ちゃんがここまで思いつめていたとは知らなかった。

「……ごめんね、彩ちゃん。俺、彩ちゃんの事に何一つ気づいてあげられなかった」

彩ちゃんは顔を手で被ったまま、無言で首を左右に振る。

「……俺が、もっと早く気づくべきだったんだ」

彩ちゃんが俺にとって、大切な妹の様な幼馴染みではなく、一人の女の子として大切だったのだと。

俺は彩ちゃんの事が大切だ。ずっと前から彼女の事が好きだったんだ。俺はいつしか幼馴染みという位置付けに甘んじ、自分の心を見失っていた様な気がする。

「彩ちゃん……俺も、彩ちゃんの事が好きだよ。幼馴染みだとか、病弱で助けてあげたい存在だとか、妹みたいだとか、そんな理由じゃなくて……一人の女の子として、俺は彩ちゃんの事が好きなんだ」

「え？　……お兄……ちゃん……」

彩ちゃんは俺を呼びながら、顔を被う手をゆっくりと退《ど》け、赤くはれた目で俺を見つめた。

「嬉しい……お兄ちゃん……私、嬉しい……」

彩ちゃんは再び、大粒の涙を溢れさせた。さっき流した涙とは違う意味の涙だ。

そして俺の胸にしがみ付くように抱きついてきた。俺はそっと彩ちゃんの肩に手をかける。

「彩……」

俺は今までつけて来た、彩を呼ぶときの『ちゃん』を外して彼女を呼んだ。

彩はゆっくりと顔を上げ、そっと目を瞑《つぶ》った。

「お兄ちゃんっ……」

彩はそう呟くと、踵《かかと》を上げて俺との身長差を埋め、自分から唇を重ねてきた。俺は彩と唇を重ねたまま、彼女を強く抱き締める。

お互いの温もりを貪《むさぼ》り合うように、どちらからとも無く舌を絡め、長く、深い、接吻《くちづ》けを交わした。

彩の抑え込んでいた気持ちが、強く伝わってくるかの様な接吻けだった。

「私……もう、自分の気持ちを抑えたくない……お兄ちゃんの事、今凄く心の中から欲しい気持ちなの……」

「あ、ああ……いいよ、彩……俺も今、彩を求めたい気持ちでいっぱいだから……」

お互いに寄せ合うように、俺と彩は互いに強く抱き合って、二人の身体の熱を確かめた。

「彩の心臓の音……聞こえてる……」

「……こんなにドキドキしてる……私にも、お兄ちゃんの音が聞こえてるよ」

俺も彩も、互いの身体の熱で溶け合ってしまう様な気持ちで、ずっと抱き合っていた。

「んっ……」

互いの鼓動を確かめ合うように抱き合い、そしてまた唇をかさねる。

お互いにすれ違っていたまま、伝えられなかった気持ち。それが今やっと一つになっているのだと実感できる。

そして、俺は彩の背中から尻にかけて、手を滑らせ、優しく彩の臀部《でんぶ》をまさぐった。

今までに無いほど、俺は彩を求めている。肉体的な欲望が求めているのではなく、心が彼女を欲している。

「彩……俺、彩が欲しい。もっと彩を感じたい」

彩はコクンと一度、俺の胸の中で頷く。

俺と彩は、女子更衣室として使われているロッカールームに入り、誰も入って来られないようにドアに鍵をかけた。

俺は彩を抱き寄せて、レオタードの上から優しく乳房を愛撫《あいぶ》し始めた。

「んあぁ……お兄ちゃん……」

俺の指が乳房に触れると、彩は直ぐに切ない声を上げ始めた。

「彩……、凄く可愛《かわい》い……」

俺は長袖《ながそで》のレオタードの両肩を掴んで、ゆっくりと引き下ろす。彩は自分でレオタードの両袖から腕を引き抜いた。

彩の白い乳房が露になる。その頂点にある白桃色の乳首は、もう、硬くしこっていた。

「いやぁ……は、恥ずかしい……」

自分の身体の反応に気がついた彩は頬を赤く染めて羞恥した。

「そんなに恥ずかしがらないで、彩……本当に、凄く可愛いよ……」

「ああん、そんなぁ……」

俺は両手で彩の乳房を持ち上げるように掴み、両方の乳首に満遍なく接吻けをする。

「あ……ああ……あんっ……」

彩の乳房に、吸い付く俺の頭を、優しく両腕で抱えながら、彩は悦びの声を上げた。

しこった乳首にそっと歯を立て、乳房を持ち上げていた片方の手をゆっくりと彩の下腹部へ運ぶ。

そして、彩の秘裂にレオタードを食い込ませるように中指を大陰唇の隙間《すきま》に押し込んだ。

彩の秘裂はレオタード越しにわかるほど熱く火照り、濡《ぬ》れそぼっていた。

「あっ！　ああっ！　お兄ちゃんっ！　ああ……っ！」

ゆっくりと秘裂に押し当てた中指を蠢《うごめ》かす。もっとも敏感な付近を指が撫でるたびに、彩は俺を抱きかかえた腕に力を入れ、俺の顔を乳房に押し当てた。

俺は彩の秘裂を愛撫するのを止め、俺の頭を抱える腕を解《ほど》く。

「彩……ロッカーに手をついてお尻をこっちに向けて」

俺がそう言うと彩は頷いて、身体を反転させ、尻を俺に向けてくれた。

俺は両手を彩の臀部に置き、尻を左右に押し広げ、出来た隙間に顔を埋めた。

「ああっ！　いやぁ……お兄ちゃん、恥ずかしいの……」

彩の汗の匂《にお》いや女の香りが俺の鼻腔《びこう》一杯に広がる。俺は彩のそこへ鼻や唇を目一杯押し付けて首を左右に揺すった。

レオタードの当て布は彩の粘液と俺の唾液が滴り、レオタード越しに彩の秘裂を吸い上げるとジュっと音を立てて、彩の汗と粘液、それと俺の唾液が混ざり合った生温かい液体が口に広がる。

俺は濡れ滴ったレオタードを彩の大陰唇に引っ掛け、彼女の粘液を露出させると、小さなクリトリスの包皮を指で剥き、顔を出した敏感な突起を舌先で突付いた。

「あっ！　あっ！　あっ！　んあっ！」

彩は快楽に膝《ひざ》をガタガタと笑わせ、その振動がロッカーに伝わってガシャガシャと大きな音を上げる。

彩の剥き出しになったクリトリス付近を口に含み、ちゅっちゅっと吸い上げ、粘液を止《と》め処《ど》も無く溢れさせるヴァギナに指を挿入した。

「だ、だめぇっ！　あぁっ！　ああぁあっ！」

彩が初期絶頂を迎えた事を確認し、俺は彩の秘裂から離れた。

「彩、そろそろ挿《い》れるよ……」

俺はズボンのチャックを下ろし、痛いぐらいに勃起《ぼっき》したペニスを取り出して、その旨を伝えた。

「はぁ……はぁ……はぁ……うん……お兄ちゃん……」

彩は肩で息をしながら頷くと、俺の腰の高さに合わせるように尻を浮かせた。

俺は片方の手でペニスの根元を握り、もう片方の手で彩の小陰唇を親指で押し開く。彩の濡れてグチュグチュになったヴァギナは早く一つになりたいと言わんばかりにヒクつき、ペニスの挿入を待ちわびているように見えた。

ペニスの先端で少し焦《じ》らすように彩の入口をツンツンと突付く。

「あ……ああ……お兄ちゃん……意地悪……」

彩らしからぬおねだりに、俺は今までに無い興奮を覚え、俺のほうがたまらなくなって彩の中へと、ペニスを押し込んだ。

「んふぁっ……は、入ってくる……はぁぁぁぁん……！」

ペニスが彩の膣内に根元まで入ると、彩は背中を弓なりにし、快楽を受け止めた。

「ああ……彩の中……熱いよ……」

俺は彩の中のヒダ一枚一枚を感じようと、ゆっくりと腰を前後に揺する。

「あ……んっ……お……お兄ちゃん……ああ……」

俺は徐々に迫り来る快楽に逆らう事が出来ず、彩を貪り、更衣室全体に彩の臀部と俺の下腹部がパスンパスンと打ち合わさる音が鳴り響いた。

「だ、駄目ぇっ！　そ、そんなにしちゃ……はあぁぁんっ……！」

駄目と言いながら、彩も自ら腰を動かし、より深く、より激しく俺を求めだした。

「彩っ！　彩っ！」

俺は無我夢中で腰を打ち付け、彩の名前を呼ぶ。彩もそれに応えるように激しい喘ぎを上げた。

「お兄ちゃんっ、お兄ちゃんっ……！　いっ、んんっ……私、もう……もうっ……！」

彩は身体全体を震わせながら、二回目の絶頂を訴える。

「あ、彩っ！　お、俺もっ！」

「ああんっ……お兄ちゃん……私、お兄ちゃんと一緒に……はぅんっ……！」

彩は登りつめる快感を堪《こら》えながら、俺と一緒にそれを迎えたい事を伝えてきた。

俺も彩に応えるよう、射精をギリギリまで我慢し、彩を絶頂に引き上げるため、更に激しく腰を動かした。

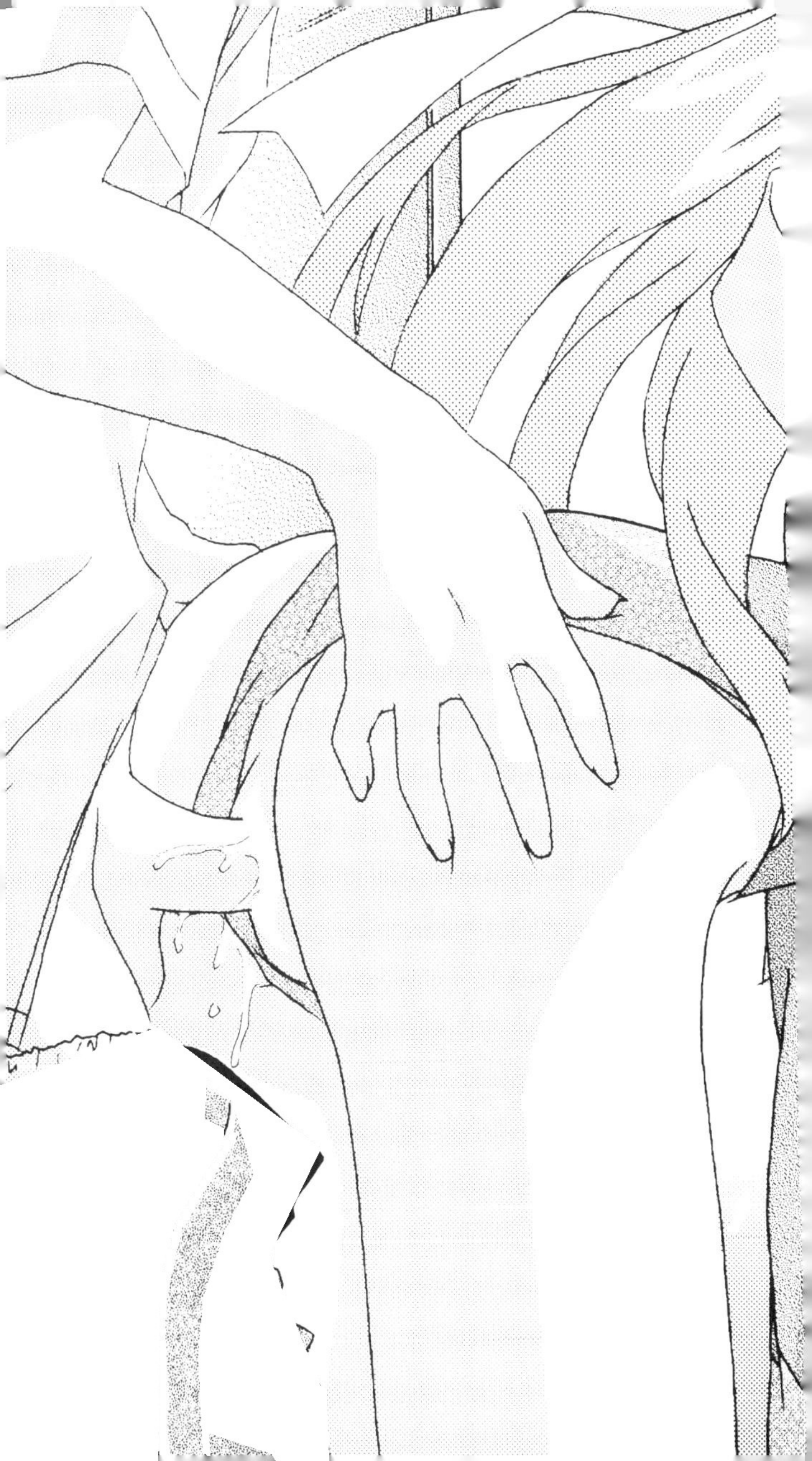

「いっ……あっ、あっ……いっ……イクっ、イッちゃうっ！」

「あっ、彩っ！」

彩が一際高い嬌声《きょうせい》を上げた瞬間、俺は彩の一番深い所で、精液を一気に解放した。

「んぁっ……出てる……お兄ちゃんのがいっぱい……いっぱい、お腹の中に出てる……」

膣内に散りばめられた、俺の精液の熱と感触を感じながら、彩は絶頂に達した快感を味わい続けていた。

その後、俺と彩の二人は更衣室の冷たい床にゆっくりと腰をおろし、お互いの想いを再度確かめ合うように抱き合い、少し落ち着いてから、身支度を整えた。

「彩、そろそろ帰ろうか？」

「うん」

彩は満面の笑みで頷くと俺に肩を寄せ、左腕にしがみ付いてきた。

「あ、お兄ちゃん、彩って呼んでくれるの嬉しいけど……千夏お姉ちゃんや奈々留ちゃんの前では駄目よ」

「どうして？」

彩は少し沈黙して、少し考え込んでから、口を開いた。

「……あのね、二人とも、お兄ちゃんの事大好きだから、私だけ特別だと思ったら悲しむと思うの」

「え？　……あ、彩ちゃん？」

俺は彩の言葉に戸惑い、思わず声を詰まらせた。思わず、慣れ親しんだ幼馴染みとしての呼び方で彼女を呼ぶ。

「彩……知ってた……とか？」

俺はあえて、関係であるとかそう言った言葉を使わずに、彩の顔を覗《のぞ》き見た。

「うん……」

彩は細く微笑んで頷く。

「多分、千夏お姉ちゃんと奈々留ちゃんも、気付いてると思うよ」

彩の言う「気付いている」は、二人の恋愛感情だとかそういったものを差しているのではない。俺は直感的にそれを理解できた。血液が全ての血管を破裂させてしまうのではないかと思うぐらい、心臓が高鳴る。

今思えば、十数年親しんだ姉妹同士の事だ。何も言わなくてもお互いそれぐらいは気付いて当然だろう。

「お兄ちゃんにとって私が特別な存在であるなら、千夏お姉ちゃんや奈々留ちゃんとの事、なんとも思わないよ。二人の気持ち、私判るから、二人の前では特別扱いしないで欲しいの」

俺はハンマーで頭を殴られたようにくらくらとしながら、「判ったよ」と呟いた。

必死に冷静になるよう、自分に言い聞かせながら、彩と二人で更衣室の外に出る。

人影の無いグラウンドは、夕日を浴び、橙色《だいだい》に染まった地面や校舎や木々が、長い影を落とし、見慣れたはずの学校が幻想的な一枚の絵のように思えた。

「わぁ……」

彩は溜息《ためいき》の様な声を漏らす。俺もその幻想的な風景を目の当たりにし、あれこれ考えるのが小さく思えた。彩が千夏や奈々留ちゃんとの事を知っていたとしても、彩は俺の事を好きだと言ってくれる。そして、何より、俺は彩の事が愛《いと》しい。今はそれだけでいい、そんな気分になった。

「……綺麗だね、お兄ちゃん……」

彩が酔ったようにうっとりとした声を上げる。

秋の香りを一杯に含んだ風が俺と彩を撫でるように、通り過ぎていった。

「ん……っ」

秋の夕暮れの風は少し冷たく、彩は身体を震わせる。俺は彩の肩に手をまわすと、スッと俺の方に引き寄せた。

「……寒い？」

「うん、ちょっとだけ……」

彩はそう言って、俺の身体に身を寄せ、抱きつくように、回した手に自分の手を重ねて、ぎゅっと握り締めてきた。

そんな彩に、俺はその理由も聞かずに、ただ微笑んであげる。

俺と彩は幼馴染みという関係を長く続けてきた。そして、今度は突然兄妹になるという現実が訪れた。

近づいていく現実的な距離に、心理的には距離を広げなければいけないのだろう。俺たちは兄妹になるのだから。

だが、今は、そんな事を考えたくない。いや、考えられないほど、彩が愛しい。

手を伸ばし、抱き寄せてキスができ、素直な気持ちで好きだと言える。

互いに互いを、何よりも大切で、掛け替えのない存在として意識し合う。そんな、温かい関係を大事にしたかった。

「今度……一緒に映画でも見に行かない？」

「うん。じゃあ、奈々留ちゃんと千夏お姉ちゃんも誘って……」

「……二人きり……でだよ、彩」

千夏と奈々留ちゃんを気遣う彩に俺はキッパリとそう言った。

「うん……」

俺の言葉に、彩はこくんと一回頷いて、ただただ俺に身体を預けてくれた。

「嬉しいな……お兄ちゃんから、二人っきりで誘われるなんて……初めてだよね？」

「そう言えば……そうだったかな……」

彩は幼馴染みで、よく二人で遊んだりもした。でも、よく考えればただの一度も『二人で』と限定して誘った事はない。

俺は初めて彩をデートに誘った事になるのだろう。なんだか、照れくさく、手に汗をかいてしまった。

「お兄ちゃん……」

俺の顔を上目づかいに見ていた彩が、頬を染めながら瞳を閉じた。

「彩……」

俺は彩の頬を数回撫でた後、すっと唇を重ねた。何度も彩とは唇を重ねた事はあるが、こんな気持ちで、彼女と接吻けを交わしたのは初めての様な気がする。

彩の体温を唇から感じながら、ファーストキスの様な甘い想いに胸をときめかせた。

「彩……」

唇を離した後も、その愛しさの余韻を味わいながら、彩を見つめた。

「お兄ちゃん……お願い、もう少し、このままでいて？」

恥ずかしがりながらも、再度キスを求めてくる彩に、俺は優しく微笑んであげた。

「お兄ちゃん……」

どちらからとなく、自然に唇が重なる。

まるでその時間が止まってしまったように、俺と彩は抱き合ってキスしたまま、動かなかった。

地平線に沈みかけている夕日が、俺と彩を照らしていた。

俺たちは橙色の黄昏《たそがれ》の光に照らされながら、まるでその光景に永遠に溶けていくようだった。

エピローグ

体育祭も無事終わり、短縮されていた授業も通常授業に戻った。放課後のグラウンドは体育会系の部活が活動しているだけで、体育祭前の賑《にぎ》わいはない。

所々、地面に落ちている泥に汚れたカラーテープや紙の切れ端が、風に舞っては、地面を転がり、なんだか閑散として見えた。

季節も秋から冬に移り変わろうとしている少し肌寒い放課後、帰宅するなり部活動に励むなり、それぞれの生徒達の時間がある。

だが、俺にとってそれは、特別な時間の始まりなのだ。

旧体育倉庫の扉を開けると、体操服姿の少女が三人立っていた。

千夏、彩、奈々留の三姉妹だ。

俺が体育倉庫の扉を閉めると、三人は俺をマットの上に寝かせ、そそくさとズボンからペニスを取り出した。

「お兄たんのオチンチン、奈々留のオッパイに挟んであげるね？」

奈々留ちゃんは悩ましげな表情を見せながら、ペロンと体操服をたくし上げる。最近少しずつ大きくなりだした、まだまだ未発達な乳房で、勃起《ぼっき》していない俺のペニスをその柔らかな乳房で挟みこんできた。

「あ！　奈々留ずるいよ、それはボクが兄ぃにする事だよ」

「じゃあ、千夏は舐《な》めてくれよ」

「うん」

千夏は俺に言われた通り、奈々留ちゃんの小さな胸からはみ出したペニスの先端をチロチロと舌で舐め上げる。

俺のペニスは奈々留ちゃんの胸の中で見る見る硬くなっていった。

「あん……オチンチン、可愛《かわい》い……奈々留のおっぱいの中で、ピクピクしてるぅ……」

奈々留ちゃんは勃起した俺のペニスを胸で感じながら、嬉《うれ》しそうな声を上げた。

「彩ちゃんは俺の顔に跨《また》がって」

「うん……お兄ちゃん……」

彩は頷《うなず》くと俺の顔を和式トイレに跨る様な格好で腰をおろし、紺色のブルマの裾《すそ》を自らずらして秘裂を露《あらわ》にした。

「彩ちゃん、何もするまえから、こんなに濡《ぬ》れて……」

俺は目の前に曝《さら》されている白桃色の秘裂に舌を這《は》わす。

「あっ！　ああっ！　お兄ちゃんんんっ！」

彩はヴァギナを俺の口に押し当て、俺の鼻先にクリトリスを擦《こす》り付けて、腰を前後に揺すり始めた。

「お兄たぁん……早く、奈々留、オチンチンが欲しいの……」

奈々留ちゃんはかなり興奮してきているらしく、艶《なま》めかしい猫なで声を上げ、パイズリをやめて俺の上に跨ってきた。

千夏はペニスの挿入を手伝おうと、ペニスの竿《さお》を握り締め、その先端を奈々留ちゃんのヴァギナに押し当てる。

奈々留ちゃんは一気に腰を沈め、自分の指でクリトリスを弄《いじ》りながら、膝《ひざ》を使って激しく屈伸運動してきた。

「あっ……はぁん……オチンチン、入ってるぅ……」

千夏は奈々留ちゃんへのペニスの挿入を手伝うと、俺の胸に顔を埋め、左手で俺の右の乳首を抓《つま》み、左の乳首を舌先で転がし始め、右手で自分の秘裂をまさぐっていた。

ジンジンと痺《しび》れる様な感触が、俺のペニスの感度を上げる。

彩は依然、俺の顔に秘裂を擦り付け、悶《もだ》え続けていた。

あまりの快感に耐えられなくなった俺の背中を電流の様なものが脳へ向かって駆け上がる。

「んぐっ！」

俺が彩の秘裂に口を塞《ふさ》がれながら、絶頂の声を上げたと同時に、奈々留ちゃんの膣《ちつ》の中で俺のペニスは何度も脈打つ。

「あぁん、凄《すご》ぉい……いっぱい……いっぱい精液出てるぅ……奈々留の中にいっぱい出てるぅ……」

　俺の射精を膣内で感じ取り、悦《よろこ》びの声を上げた奈々留ちゃんは、硬さを失いつつある俺のペニスをぐいぐいと締め付け、まるで精子を搾り出そうとしているかのようだった。

「兄ぃ、イッたの？」

　千夏はそう言うと、俺の胸を愛撫《あいぶ》するのを止め、奈々留ちゃんと俺とが結合している場所を覗《のぞ》き込んだ。

「次はボクの番だからね」

　千夏がそう言うと奈々留ちゃんはふぅと溜息《ためいき》をついて、ゆっくりとヴァギナからペニスを引き抜き、俺の上から降りた。

「兄ぃ……このオチンチン、ボクにしゃぶらせてぇ……」

　千夏はそう言うと、俺の返事を待たずに、精液と奈々留ちゃんの粘液で汚れたペニスに舌を這わせ始めた。彼女の舌に俺のペニスは再び、ビクビクと反応しはじめた。

　俺は千夏のフェラチオをしている顔を見ようと、彩を顔の上から下ろし、上半身を起こした。

「お兄ちゃん……私……まだ……」

　まだ、絶頂を迎えていない彩が俺の首にかじりつき、唇を重ねておねだりしてくる。

　俺は彩を抱きかかえるように腕を回し、右手を彩の後ろから秘裂にもぐりこませ、クリトリスを中心に弄り始めた。

「お兄たん、奈々留もだっこぉ」

それを見た奈々留ちゃんが俺に身体《からだ》を摺り寄せてくる。俺は奈々留ちゃんの身体を引き寄せるように抱き、ペニスにむしゃぶりつく千夏の姿を眺めた。

「兄ぃのオチンチン、美味《おい》しいよぉ……」

呟《つぶや》きながら、俺のペニスの先端をペロペロと舐めたり、口に含んだりして弄《もてあそ》び、硬さを完全に取り戻した事を確認すると千夏は俺の上に跨り、ペニスで一気に自らを貫く。

「んあうっ……兄ぃの、入ってくるぅっ……!」

千夏はペニスを貪《むさぼ》るように、大きな乳房をタプタプと揺すりながら、腰を上下させ始めた。

彩と恋人となった為《ため》、俺は千夏と奈々留ちゃんの二人との関係を切ろうとしたのだが、彩が二人から離れていくまでは、と言ってそれを止めたのだった。

いつも周りに気を遣う彩らしい考えだ。

俺は本当にいいのかと問《と》い質《ただ》したが、彩は心を独占できるなら、と微笑《ほほえ》んでくれた。

結局、俺は彩と付き合いだした後も、千夏、奈々留ちゃんとの関係を続けた。

三人は俺の念入りにくり返されたエッチレッスンによって、完全に快楽の虜《とりこ》となってしまったのだ。

だが、俺も彼女達もそんな事など考えるまでもなく、今の快楽と欲求を求め、満足している生活を送っている。

これから、もう少し経《た》てば親同士が再婚し、同居する生活も始まろうとしているが、そうなってもこの場所での行為は、終わる事はないだろう。

今まで通り、俺達の欲望を満たしあう領域として、放課後の体育倉庫に通うのだろう。

そう。俺と彼女達の甘く淫《みだ》らな蜜液《みつえき》の詰まった様な関係は、これからも繰り返されていくのだから。

あとがき

いもうとブルマ〜放課後のくいこみレッスン〜をノベライズさせて頂きました谷口東吾です。

今回、二冊目のパラダイムノベルス出版となりました。

ゲームをしてから読んでも、読んでからゲームをしても楽しめるように執筆いたしましたが、いかがだったでしょうか？

原作の良さと、原作では語られていなかった所が伝わっていれば嬉しく思います。

この種のゲームをプレイする度に思うのですが、身近な複数人の女の子に手を出しても、大した問題が起きない事は男として、なんとも羨ましい限りです。

原作のゲームの方では小説とは違い、三人の幼馴染みに好き放題できますので、そちらも是非プレイしてみてくださいね。


編集長様、スタッフの皆様、大変お世話になりました。

最後に、この本を手にとって下さいました皆様、まことにありがとうございます。

再び、お目にかかれる日を楽しみにしております。

谷口　東吾

いもうとブルマ ～放課後のくいこみレッスン～

2002年12月25日　初版第1刷発行
2004年 9 月15日　　　第3刷発行

著　者　谷口 東吾
原　作　萌。

発行人　久保田 裕
発行所　株式会社パラダイム
〒166-0011東京都杉並区梅里2-40-19
ワールドビル202
TEL03-5306-6921 FAX03-5306-6923

装　丁　林 雅之
印　刷　株式会社秀英

キャンディセレクト 既刊案内

各巻とも　定価 本体860円+税

同級生との甘い体験…
Vol.1
「恋・学園物語」
～クラスメート味～
●カバーイラスト：赤丸

お世話します！ 尽くします!!
Vol.2
「館・メイド物語」
～ずっといっしょ味～
●カバーイラスト：Maruto!

アナタだけのやさしい看護婦さん
Vol.3
「看・ナース物語」
～お世話させてね味～
●カバーイラスト：みさくらなんこつ

ぜ～んぶお兄ちゃんが予約済！
Vol.4
「純・いもうと物語」
～ふたりのヒミツ味～
●カバーイラスト：赤丸

実った果実が、教室でアナタを誘う
Vol.5
「辱・学園物語」
～女生徒は蜜の味～
●カバーイラスト：宇宙帝王

待ち続けた彼女と、ついに…
Vol.6
「想・幼なじみ物語」
～いつもいっしょ味～
●カバーイラスト：みけおう

Vol.7
「快・運動部物語」
～むっちり太もも味～
純白の生地に染み込む、
男のロマン！
●カバーイラスト：みさくらなんこつ

スコートはもうはかない
南雲恵介著　月宮瑠兎 画

プライベート・レッスン
フジウヨシエ著　しんしん 画

ミッシングマニュアル
森崎亮人著　あかり☆かずと 画

リベロを狙え
布施はるか著　萌兎うさな 画

既刊ラインナップ

定価 各860円+税

141 君が望む永遠 下巻
142 家族計画
143 魔女狩りの夜に
144 憑き
145 螺旋回廊2
146 月陽炎
147 このはちゃれんじ！
148 奴隷市場ルネッサンス
149 新体操（仮）
150 Piaキャロットへようこそ!!3 上巻
151 new～メイドさんの学校～
152 はじめてのおるすばん
153 Beside～幸せはかたわらに～
154 Only you 上巻
155 性裁 白濁の禊
156 Milkyway
157 Sacrifice ～制服狩り～
158 Piaキャロットへようこそ!!3 中巻
159 忘レナ草 Forget-me-Not
160 Silvern ～銀の月、迷いの森～
161 エルフィーナ～淫夜の王宮編～
162 Princess Knights 下巻
163 Realize Me
164 Only you 下巻
165 水月 ―すいげつ―
166 はじめてのおいしゃさん
167 ひまわりの咲くまち
168 Piaキャロットへようこそ!!3 下巻
169 新体操（仮）淫装のレオタード
170 D.C.～ダ・カーポ～ 朝倉音夢編
171 エルフィーナ～奉仕国家編～
172 今宵も召しませ アリステイル
173 はじらひ
174 いもうとブルマ
175 DEVOTE2 いけない放課後
176 特別授業2

177 超昂天使エスカレイヤー 上巻 原作：アリスソフト 著：雑賀匡
178 D.C.～ダ・カーポ～ 白河ことり編 原作：サーカス 著：雑賀匡
179 いたずら姫 原作：フェアリーテール 著：高橋恒星
180 SNOW～儚雪～ 原作：スタジオメビウス 著：三田村半月
181 あいかぎ 彩音編 原作：F&C・FC02 著：村上早紀
182 てのひらを、たいように 上巻 原作：Clear 著：島津出水
183 裏番組～新人女子アナ欲情生中継～ 原作：13cm 著：三田村半月
184 SEXFRIEND～セックスフレンド～ 原作：CODEPINK 著：布施はるか
185 超昂天使エスカレイヤー 中巻 原作：アリスソフト 著：雑賀匡
186 D.C.～ダ・カーポ～ 芳乃さくら編 原作：サーカス 著：雑賀匡
187 女医◯っくす 原作：ブルゲONDEMAND 著：朱鳥優歩
188 SNOW～小さき祈り～ 原作：スタジオメビウス 著：三田村半月
189 カラフルキッス 12コの胸キュン！ 原作：戯画 著：岡田留奈
190 あいかぎ 千香編 原作：F&C・FC02 著：村上早紀
191 超昂天使エスカレイヤー 下巻 原作：アリスソフト 著：雑賀匡
192 てのひらを、たいように 下巻 原作：Clear 著：島津出水
193 復讐の女神 Nemesis 原作：ぱれっと 著：前薗はるか
194 満淫電車 原作：BISHOP 著：南雲恵介
195 催眠学園 原作：BLACKRAINBOW 著：布施はるか

196 SNOW～古の夕焼け～ 原作：スタジオメビウス 著：三田村半月
197 懲らしめ2 狂育的デパガ指導 原作：ブルーゲイル 著：雑賀匡
198 うちの妹のばあい 原作：イージーオー 著：有沢黎
199 かこい～絶望の処女監獄島～ 原作：ERROR 著：高橋恒星
200 朱 上巻～ルタの眷属～ 原作：ねこねこソフト 著：清水マリコ
201 恋する妹はせつなくてお兄ちゃんを想うとすぐHしちゃうの 原作：CAGE 著：武藤礼恵
202 すくみず 真帆・梨香編 原作：サーカス 著：黒瀧糸由
203 魔女っ娘ア・ラ・モード 原作：F&C・FC01 著：島津出水
204 SNOW～記憶の棘～ 原作：スタジオメビウス 著：三田村半月
205 姉、ちゃんとしようよっ！上巻・立志編 原作：きゃんでぃそふと 著：高橋恒星
206 D.C.～ダ・カーポ～ 天枷美春編 原作：サーカス 著：雑賀匡
207 ナチュラルアナザーワン 原作：F&C・FC03 著：雑賀匡
209 プリンセスブライド 原作：130cm 著：伊藤イツキ
210 すくみず 媛・鈴枝編 原作：サーカス 著：黒瀧糸由
211 クリスマス★プレゼント 原作：アイル【チーム・Riva】 著：布施はるか
212 SNOW～空の揺りかご～ 原作：スタジオメビウス 著：三田村半月
213 姉、ちゃんとしようよっ！下巻奮闘編 原作：きゃんでぃそふと 著：高橋恒星
214 D.C.～ダ・カーポ～ 鷺澤頼子編 原作：サーカス 著：雑賀匡
215 ななみとこのみのおしえてA・B・C 原作：スタジオオリング 著：三田村半月

216 こなたよりかなたまで 原作：F&C・FC01 著：島津出水
217 すくみず コナ・葉菜編 原作：サーカス 著：黒瀧糸由
218 D.C.～ダ・カーポ～ 水越萌・眞子編 原作：サーカス 著：雑賀匡
219 ラストオーダー 原作：13cm 著：前薗はるか
222 クロス†チャンネル 原作：ウィル 著：伊藤イツキ
223 MILK・ジャンキー 原作：ブルゲONDEMAND 著：布施はるか
224 アンサンブル 桜子編 原作：F&C・FC03／ドリームソフト 著：雑賀匡
225 へんし～ん！ 原作：May-Be SOFT 著：岡田留奈
226 大好きな先生にHなおねだりしちゃうおませなボクの／私のぷにぷに 原作：CAGE 著：武藤礼恵
227 愛cute キミに恋してる 原作：ぱれっと 著：村上早紀
228 インモラル 原作：ブルーゲイル 著：布施はるか
231 MILK・ジャンキー2 原作：ブルゲONDEMAND 著：鏡裕之
232 アンサンブル 淳編 原作：F&C・FC03／ドリームソフト 著：雑賀匡
240 アンサンブル 若葉編 原作：F&C・FC03／ドリームソフト 著：雑賀匡

好評発売中！

〈パラダイムノベルス新刊予定〉

☆話題の作品がぞくぞく登場！

208.朱-Aka-下巻
～ラッテの願い～

ねこねこソフト　原作
清水マリコ　著

アラミスとカダンは真実を求め、再びルタのもとへと旅だつことに。その途中では、朱い石と深く関わった人々と出会っていく。はたしてルタが朱い石に託した、本当の願いとは…。

233.お願いお星さま

PULLTOP　原作
島津出水　著

ある日夜空を埋め尽くした流れ星。それはどんな願いも叶える『願い星』だった。ふとしたことからそのマスターに選ばれた陽介たちは、願い事を成就させるために大奔走。でもなぜかエッチなお願いばかり!?